味蘇居

苏州饮食文化丛书

姑蘇味

华永根 著

苏州新闻出版集团
古吴轩出版社

图书在版编目（CIP）数据

姑苏味 / 华永根著. -- 苏州：古吴轩出版社，2022.6（2023.7重印）
ISBN 978-7-5546-1935-3

Ⅰ. ①姑… Ⅱ. ①华… Ⅲ. ①散文集－中国－当代 Ⅳ. ①I267

中国版本图书馆CIP数据核字（2022）第064077号

责任编辑：李 倩
见习编辑：沈欣怡
装帧设计：韩桂丽 李 璇
责任校对：黄菲菲
插图绘制：唐云岗
题　　字：钟天铎
篆　　刻：李客涵 汪鸣峯

书　　名：姑苏味
著　　者：华永根
出版发行：苏州新闻出版集团
古吴轩出版社
地址：苏州市八达街118号苏州新闻大厦30F
电话：0512-65233679　　邮编：215123
出 版 人：王乐飞
印　　刷：苏州市昱丰印务有限公司
开　　本：880×1230 1/32
印　　张：8.25
字　　数：183千字
版　　次：2022年6月第1版
版　　次：2023年7月第2次印刷
书　　号：ISBN 978-7-5546-1935-3
定　　价：58.00元

南有嘉鱼，
烝然罩罩。
——《诗经·小雅》

粽香筒竹嫩，
炙脆子鹅鲜。
——〔唐〕白居易

蟹螯即金液，
糟丘是蓬莱。
——〔唐〕李白

一夜东风吹雨过，
满江新水长鱼虾。
——〔清〕祁珊洲

长江绕郭知鱼美，
好竹连山觉笋香。
——〔宋〕苏轼

水为乡，蓬作舍，
鱼羹稻饭常餐也。
——〔五代〕李珣

京陌尘埃渴肺肠，
藕莲分惠带湖香。
——〔宋〕姚勉

算是处、鲜鱼羹饭，
吃来都美。
——〔宋〕吴潜

代序

盟主

薛亦然

苏帮菜的“帮”字浑身上下散发着江湖气息，苏州烹饪就是一个江湖。

这个江湖上的盟主宝座，如果华永根不坐，绝对没有人敢上去坐——真正认识到这一点，我花了起码五年时间。

从好多年前开始，我跟着文瑜参加一些大师宴，印象最早也是最深的一次是得月楼的“追忆陆文夫尝过的味道”，那是一次隆重、精致、具有特别纪念氛围的宴席。席上两拨人，一拨是苏帮菜大师，一拨是文人作家，在正中间就座的就是华永根。大师们正襟危坐，表情高深莫测；文人作家则显然按捺不住激动与好奇，满怀期待。华永根简短说了两句，大家就开始举杯、动筷子了。文瑜告诉我，华永根是市烹饪协会会长，曾经担任商业局领导。他自己则叫华永根“老恩师”。

在华永根面前，文瑜一直是没有“老恩师”不开口的。对一个人始终如此敬重、膺服，我没有看到文瑜对第二人这样过。

我开始观察华永根。在南林，在新聚丰，在松鹤楼，在“江南雅厨”……无论在哪，他总是坐在首席，否则别人无法入座。起初我想，人们都尊重他，无非因为他曾经是会长、局长。无论何方江湖，总是需要有威望、有组织能力的人压场定盘，这很正常。但我渐渐觉得不仅仅是这样。如果仅仅是这样，我会看得懂的。

他博学，冷不丁向他请教一个问题，他都能不假思索地娓娓道来，且深入浅出。说起苏帮菜，没有他不知道的。他似乎就是一本苏帮菜的百科全书，谁都休想难倒他。他也确实写过好多烹饪书，书中对苏州饮食文化的历史有深刻的探讨与阐发。美食作家沈嘉禄在文章中满含敬意地说起华永根多次在席间一语解开他的疑团。华永根散发出的文化气质，使得他的气场柔软绵长，不动声色之中，自有深厚内力。

但是，我觉得在美食江湖上光有学问还不行，还得有技艺，也许技艺更为要紧。而烹饪技艺中最核心的是拥有超群的味觉。欧洲美食家前辈布里亚·萨瓦兰在他的名著《厨房里的哲学家》中说“在所有的动物中，人类的味觉是最完美的”“正是这种完美性把人类造就成自然界唯一的美食家”。而这种完美的境界是什么样的呢？布里亚·萨瓦兰告诉我们：“在整个过程中，没有哪一个颗粒、哪一滴汁液或哪一粒原子能够逃脱被彻底品味的命运。”

说得太精彩了，没有哪一滴汁液能够逃脱被彻底品味的命运，这才是美食家的终极利器啊！但是拥有这种能力的人太少了。

我是在文瑜操办的一次小型宴席上想到这句话的。

那次宴席就摆在苏州杂志社的小食堂里，掌勺的是姜师傅，他是烹饪爱好者，业余高手，陆文夫先生的爱婿。文瑜请来“老恩师”为姜师傅的技艺打分，其他就是我等看热闹的“吃瓜群众”了。之后我写了一篇“观后感”——《老姜见“老姜”》，文章里把“老恩师”说成“老姜”：

一位江湖盟主，一位绿林高手。老姜见“老姜”，两眼都放光。

满满一桌子菜是老姜的满堂儿孙，又是见到“真佛”，两眼放光是自然的。“老姜”呢，难得看到业余好手，聪慧可教，自是开心……

“老姜”点评菜肴，一盆盆说过来，言简意赅，比如红烧脚圈的诀窍就是一块黄酱，比如干煎带鱼要紧的是得“糟”一下，而老姜的那盆创意之作黄鳝螺蛳则是鲜美有趣。连我都听得跃跃欲试，原来烹饪技艺竟然如此家常啊……

真的是一盆一盆都被“彻底品味”了，一句句都点在穴道上。那晚，我见识了什么才叫美食家。

也许有人说让业余高手服气不稀奇，让专业人士服气才是真厉害。好吧，我就说说专业人士吧。

有次在“江南雅厨”，席间我向邻座的烹饪大师陈建平请教新菜创作方面的问题。陈大师是新梅华集团的总监，他很认真详细地为我做了解答，然后含着歉意对我说：“说得不好，因为华局在座，我有点紧张。”在苏州烹饪界能称呼华永根“华局”，也是一种资历了。我很诧异：以陈大师这样的身份和经历，还会紧张吗？陈大师的师傅鲁钦甫也在座，他笑着说：“在华局面前，我也会紧张的。”鲁钦甫是苏帮菜十大宗师之一，可以说是大师中的大师。我更加意外地“哦”了一声，我记得那一声“哦”我拖了很长。

其实那一声“哦”中还是包含着不明白。后来我因华永根的著作《苏州吃》怦然心动——也许这就是我要找的答案：

我跟他进去，在一间冷菜间里，他拿出一只“绿四”（盛菜陶瓷缸），指着里边说：“这是我这几天制作的‘醉鸡’。”他挪开盖子后，一股异香扑鼻而来，一只被斩成四爿的嫩草鸡静卧在醉卤汤汁中，鸡皮金黄、细皮白肉。此时陈大师手起刀落，斩了一只鸡腿非要让我尝尝。我咬下一口，满嘴鲜香，鸡肉嫩滑，咬嚼中，从鸡肉中溢

出的鲜味布满舌尖，那鸡皮又脆又嫩、鲜洁浓香、不咸不淡，醉鸡之味使我至今难忘。

——《松鹤楼里“陈家菜”》

之后我多次在华永根的书斋里与他聊过去、聊往事，这才知道，在他还是小青年的时候，也就是在老厨师堆里打滚的时候，这种场景在松鹤楼是经常发生的。他经常被老厨师叫到厨房里，尝一口菜，或者品一勺汤，老厨师还在一旁叮嘱“记住，正宗的黄焖河鳗就是这个味道”之类的话。可以这么说，美食家华永根是松鹤楼的大厨们集体培养出来的。要知道，那个时候苏州的烹饪高手都在松鹤楼。

高中毕业后，华永根插队到昆山做知青，他乐观、努力，第一年跟不上当地人做农活，第二年做农活的速度就一下子上来了。至于前途，也不多想，踏踏实实做人呗。没想到第三年由于在农村劳动积极，表现优秀，他被调回城市。这改变了他人生航船的方向。

经过在菜场的短暂劳动，他被分到松鹤楼（那时改名为东方红饭店）做服务员。进店报到那天，主任说：“我认识你，你是我要来的。”原来主任去菜场悄悄考察过，把形象好、肯干活的他挑来了。

接下来华永根如鱼得水。从洗碗开始，接待顾客，接待外宾；读报，写应市菜牌，写总结；随后被提拔为服务部部长、副主任、店主任；再做苏州市饮食服务总公司副经理、总经理、商校校长、商业局副局长、市烹饪协会会长。一路稳扎稳打。唯一不变的，是他对大厨们的尊重，以及他们之间的深厚情谊。

松鹤楼大厨多是久在江湖闯荡、各怀利器而又见多识广的高手，年轻的服务员华永根钦佩他们，没事就喜欢听他们讲过去的事。老一辈大厨的经历中都有一个“苦”字，每天从鸟叫做到“鬼叫”，夜里就在店里睡桌子拼起来的“百脚床”。他们都很有个性,很多人的高汤都是自己吊,不容别人染指。还有人自带小竹篮上下班,里面都是各种“香头”,那小篮子别人是不好问的,更是不能碰的。他们的手艺各有特点,一条鲫鱼,十个大厨烧出来绝不会重样。

相同的是他们都喜欢服务员小华。小华有文化,踏实肯干,聪明好学,性格开朗,这样的小年轻谁不喜欢呢?而且,好厨师从来都不会看不起好服务员的。他们懂得,一个优秀服务员抵得上半个厨师。更重要的是,优秀的服务员是厨师和吃客之间最重要的桥梁,厨师的美食构思与烹饪手法、吃客的品尝体验与美食期待,大家的美食境界正是通过优秀服务员的双向传递,才能被推向新的高度。

华永根拥有一批吃客朋友,这些人大多是名医、名画家、评弹名家。隔三岔五,这些人就会来松鹤楼会餐、小酌。他们往往也是大厨们的朋友,他们之间的关系好似俞伯牙与钟子期,高山流水觅知音啊!在他们中间,华永根耳濡目染,汲取、领会、储备知识,并融会贯通。如果把大厨与吃客的互动比作二重奏,那么优秀的服务员就是洞悉各自分谱细节的乐队指挥,正是由于他们的协调与带动,二重奏才能不断演奏出华彩乐段。

细细想来,其实从小华、华主任、华总、华书记、华校长,到华局、华会长,华永根这一路走来,“服务”二字,一直是他做事的主旋律。

就说他离开一线领导岗位,担任市烹饪协会会长之后做的事吧。

那时正值企业改制,不少老厨师有退休的,有下岗的。这些大厨离开了原单位,别人不认识他们了,有多大本事别人不知道,没人管他们。这时华永根站出来了,市烹饪协会主动关心这些在家里无事可做的大厨，为他们过生日，成立大师工作室，让他们带徒弟，帮他们把自己的技艺传承下去。在工作室，他们可以动手，一桌宴远近驰名；可以动口，写书总结平生绝技；可以应邀在各种美食活动中做评委，为苏帮菜的发展出谋划策。一套“组合拳”打下来，下活了苏帮菜传承的一盘棋。

评定授予苏帮菜十大宗师荣誉称号也是一件意义深远的大事。苏帮菜江湖上闻名遐迩的“四根一家”烹饪名家先后作古，他们的徒弟也都七十多岁了。十大宗师的诞生，不仅提高了苏帮菜大厨的知名度，让苏帮菜的发展局面更红火，也使得苏帮菜的传承谱系更为清晰。策划操办这件事显示了华永根阔大的胸襟和辽远的眼界。几十年来，苏帮大厨分布在商业、旅游、外事三大系统，又有城区与郊县区之分。华永根一碗水端平，绝没有门户之见，唯才是举，公心服众。

在主持苏帮菜市级与省级非遗传承人评定工作中，华永根也是从大局出发，竭力推举有威望、有才干、有影响力的苏帮菜宗师领衔。其实大家都认为最有资格作为苏帮菜非遗传承人的正是华永根，但华永根还是坚持由名厨来当传承人，而他自己想的，从来都是“服务”二字。

为大厨、名厨服务，为苏州烹饪服务，为日益高涨的苏帮菜文化热服务，是华永根的一贯宗旨。这些年来，由于他的审时度势与不懈努力，苏帮菜江湖出现了许多现象级的美食热潮，比如江南家喻户晓的“苏州一碗面”，比如脍炙人口的“水八仙”“阳澄湖大闸蟹”“莼鲈之思”等各种美食节，比如深入人心的“不时不食”苏帮美食观……我们追寻的这些红红火火，最初的那一团火正是从华永根那儿燃起的——精心设计，反复推敲，利用人脉周密部署，策划组织美食活动，联络强势媒体多方造势，亲手操刀撰写推介美文……总而言之，他就是一位贡献无人能及的苏州美食超级服务员！

鲁钦甫、张子平等好几位苏帮菜宗师都表达过这样的意思：其实改革开放初期，受外帮菜冲击，苏帮菜已呈衰落之势，是华局领着他们一帮人不断努力，才有了如今的大好局面。如果华局不做这么多事，苏帮菜的传承会遇到麻烦。

阅读华永根的人生旅程，我们更能深切体会到“不忘初心”的可贵。

目录

石衣膳夫

五味调香

谁能烹鱼

食论食语

四时食制

苏州人吃蟹讲究时令，六月里吃『六月黄』，称『忙归忙，不忘六月黄』；农历九月吃雌蟹，十月吃雄蟹，称为『九雌十雄』。

苏州人吃蟹

湖涧秋风长，尤爱河蟹鲜。一年一度的蟹季又将来临了。苏州是河蟹（学名中华绒螯蟹）原产地之一，著名的阳澄湖清水大闸蟹、太湖蟹等均产自吴地。水乡、临江、近海，苏州满足了众多的适宜河蟹生长的条件，有着明显的区域优势。河蟹在姑苏寻觅到“一方净土”，从此在这里“安家落户”，而且“家业兴旺”。

从古至今，蟹的美味征服了不可胜数的食客，那些文人墨客更是为之痴迷，为蟹咏唱、颂文，将蟹入菜、入诗、入画等，形成江南文化中特有的苏州蟹文化。

江南苏州蟹的历史久远，春秋时期已经有螃蟹被称为“夹人虫”的记录。从《国语》中的“稻蟹不遗种”，可见那时的蟹横行稻田。南北朝《洛阳伽蓝记》中“吴人之鬼”忆起“呷啜莼羹，唼嗍蟹黄”，可见当时吃蟹已成风。隋朝时，吴地蟹已成朝廷的贡品，隋炀帝吃苏州的贡蟹，赞其为“食品第一”。从历朝历代留下的各种蟹谱、蟹菜等都可见那时人们对吴地蟹之推崇。明代王鏊在《姑苏志》中已把苏州蟹分为“（太）湖蟹”、“紫须蟹”（吴江）、“蔚迟蟹”（昆山）等，另有人把当时常熟的蟹称为“潭塘蟹”。清道光年间《元和唯亭志》记载“出阳澄湖者最大，壳青脚红，名金爪蟹，重斤许，味最腴”，“出阳澄湖者”在众多蟹品中初露头角了！近代国学大师章太炎的夫人汤国梨说道：“不是阳澄湖蟹好，人生何必住苏州。”道尽了苏州人对蟹的情感。苏州人吃蟹，舌尖灵敏度高，能品出蟹每个部位的不同味道：蟹坨里胸如白玉，胜似白鱼；蟹螯的肉胜似干贝；蟹脚肉胜似银鱼；蟹黄、蟹膏则胜似“八珍”。故人们常说“蟹味绝天下”“食过蟹，百菜无味”。苏州一只蟹成了美食中的极品，也成了响当当的城市美食名片。

说实在的，有一段时期苏州蟹真不值钱。那时人们生活清贫，缺衣少食，苏州街头巷尾的菜场里，农民、渔民手拿着用稻草串扎好的吐着白泡沫的蟹，一串七八只仅卖三角、六角，有的人还沿街叫卖。那时人们吃不饱，在吃食上的全部要求只有能吃饱，对吃蟹，他们嫌麻烦，更没钱去买蟹。那时蟹倒是处在一个自然生长的状态中，品优质好。“文革”期间，卖蟹是被禁止的。经济困难时期，没有粮食吃，一些农民、渔民偶尔捉到蟹，只能拿蟹来充饥。这是一段非常时期，给老苏州人留下了刻骨铭心的印象。

真正说到吃蟹，旧时苏州人吃蟹，大致可分为三个社会层面：一是居民街坊，二是菜馆饭店，三是乡绅官府。苏州居民街坊里家常吃的螃蟹，大多为较小的蟹，图一个价格便宜。买回蟹后把蟹一剁为俩，放点酱油等调料烧煮一下，名为油酱蟹，作为下饭小菜。有时也做成面拖蟹等。有些家庭会过日子，将买回来的小蟹拆出蟹粉，加猪油熬煮，成为“蟹油”，烧菜、吃面、炖蛋等都用上点，慢慢品味。也有一些主妇善做菜式，会把买回来的蟹做成“醉蟹”，吃一个舒心。苏州人平时节衣缩食，但碰到每年蟹汛时，也是会吃上两回大闸蟹的。大闸蟹在苏州人的眼里指清水大蟹。

菜馆饭店吃螃蟹，都是吃用拆出的新鲜蟹粉做成的各种菜肴、点心。在以前，菜馆、饭店是不卖整只大闸蟹的。苏州人认为当众啃吃大闸蟹不雅，吃相“穷凶极恶”，像没有吃过似的，而且大闸蟹腥味过重，有碍观瞻。苏州人讲究吃得细气、精致，这就造成菜馆饭店里以蟹粉类菜为主，这类菜统称为蟹肴。苏州的蟹肴久负盛名，菊黄蟹肥时节，持螯赏菊的蟹宴也应运而生。苏州大厨尤擅长“拆蟹”，用蟹肉和蟹黄、鲃鱼肉和鲃鱼肝制成的“炒蟹鲃”为秋季名菜，历史上曾风行一时。“雪花蟹斗”“蟹粉裙边”“虾蟹两鲜”等名菜，益显珍贵，脍炙人口。各类蟹菜、蟹点多达上百种。在菜馆、饭店品吃蟹肴，图的是吃个开心、省心，有时也是吃一个场面。

旧时乡绅官府吃蟹，一般都吃整只大蟹，每只重达半斤或六两。这种吃法不计成本，四周有人服侍，而且这些人三五成群，擅吃，有一套吃蟹的程序，吃蟹地点常安排在客厅或是花园内，称为“雅集”。闻着菊香，趁着月色，呷口老酒，吃块蟹黄，享受人生快乐。但也有些来客不擅吃蟹，这些豪门富贵人家便叫家厨做些名贵蟹肴招待来客，如蟹粉鱼翅、蟹粉鱼肚、蟹粉燕菜、高档秃黄油、虾蟹烧卖等。

在长期实践中，苏州人掌握了一整套品吃大闸蟹的方法，吃得讲究，吃法确当，具体注重四个关键环节：

1.时令与品种。吃清水大闸蟹，苏州人绝对尊重时令。有话道：“西风响，蟹脚痒。”那是吃蟹的大好时光。至于吃一只还是吃一对，得看时节及个人的胃口了。苏州人吃蟹讲究时令，六月里吃“六月黄”，称“忙归忙，不忘六月黄”；农历九月吃雌蟹，十月吃雄蟹，称为“九雌十雄”。那是按照蟹生长习性及吃蟹经验得出的“食蟹经”。不仅如此，苏州人吃蟹还讲究蟹的品种，吃的是太湖蟹还是阳澄湖蟹，还是常熟蟹等。挑选大闸蟹也是一门学问，苏州人认定大闸蟹要青背白肚、金爪黄毛。挑选蟹也有“三步曲”，首先观其色泽，分辨雌雄团尖，挑选最大的；其次抓起一只掂一下分量，沉甸甸压手的为好；最后伸手捏一下蟹腿是否扎硬，扎硬者为壮实好货。一般来说，清水大闸蟹中，母蟹四两以上，公蟹在半斤以上，即是上品了。

2.煮蟹与姜醋。在品吃大闸蟹时，总有人提出是用水煮来吃还是蒸着吃的问题。在苏州，人们习惯把大闸蟹清洗干净后用稻草扎好放入锅中，加入清水及紫苏等煮之。宋代《东京梦华录》就提到“渫蟹”，指的就是水煮蟹。清代苏州人顾禄在《清嘉录》中写道：“汤煠而食。”袁枚在《随园食单》中也写道：“最好以淡盐汤煮熟。”也有不少人提出，“蟹蒸而食之”最不失真味。其实蒸或煮可随各人的认知及喜好而为之。苏州人吃蟹必定用姜末、白糖、香醋调制调味料，蘸着吃蟹。那份调料，去腥、增香、提鲜、解毒，也是人们从长期吃蟹中得出的方法。蟹虽美味，但“诸蟹皆性冷”，历史记载的中毒事件不少。李时珍认为蟹本是一道珍馐，只要吃的方法得当，不仅不会中毒，还可以享受到独特的风味。配吃姜醋就能起到很大作用。由于人们吃蟹习惯不同，有人曾提议吃蟹不用任何调味料，食其本味。那也只能各吃各法了，但历史经验告诉人们：虽然在吃蟹的江湖道上有多种版本的吃法，但学习先人、师法古道的吃法还是有一定道理的！

3.顺序与吃法。苏州人吃大闸蟹特别注重顺序与吃法。煮熟的大闸蟹要趁热吃，蟹肚朝天，用手向后把两边蟹脚及螯分别掰下，这样掰下，蟹脚、螯的关节都会跟着下来；随后剥去蟹脐盖（腹部）；再打开蟹背壳，“捉拿法海”（指除去蟹胃）；再用蟹爪在蟹坨上面“揪出六角虫”，这里的“六角虫”指蟹心，蟹心大寒，不可误食。此外蟹肠和蟹腮也不可食用，须与蟹心一道剔除。吃蟹须慢慢品尝，而且须自己动手为好，先吃蟹黄、蟹膏；后吃蟹胸肉，须横着吃，对准蟹组织一丝一缕地吃，方可吃净，吃时可蘸些姜糖醋汁，味更鲜美；再吃蟹脚；最后吃两螯。其间还可呷上两口绍酒来助兴。在苏州，一些吃蟹高手吃完一只大闸蟹后，蟹壳还能拼出一只整蟹来，其吃功非同小可。更有人把雄蟹蟹螯里的两片蟹骨掰出，这蟹骨的形状恰似蝴蝶的翅膀，两片相对拼起，放在盘子里，犹如一只栩栩如生的“蟹蝴蝶”，真有“笑看蝴蝶满盘飞”之感，吃出了功夫，又吃出了一份情趣，在这里也不难看出苏州人吃蟹的耐心与技巧。早在明代，苏州人还发明了吃蟹工具“蟹八件”，让你吃得更细心、更干净。

4.净手与姜茶。苏州人吃蟹，吃完后必定会喝上一碗热腾腾的姜茶，苏州人称为“姜糖汤”，作为祛寒气一法，而且得趁热时喝下去。有时店家还会送上一大盆带叶菊花和温水，这不是用来喝的，只用来净手。洗净手，喝完姜茶，吃蟹才算结束。苏州人的一整套吃蟹顺序及各种讲究不是与生俱来的，许多都是从老人那里一代代传承下来的。老祖宗千年传下的习俗，都有科学规律，用之实惠，也能吃得安心。

美味的大闸蟹是大自然赐给苏州人的一份大礼，爱吃、懂吃的苏州人也摸索、积累和传承了许多食蟹的经验及方法。若是在蟹季来江南苏州，按照苏州人的吃法品一次大闸蟹，你会沉醉在蟹的美味里而流连忘返。

苏州的大厨高手们个个身怀绝技，他们利用『四时八节』的物产，融合吴门书画、雕刻、刺绣等艺术手法，总能做出典雅秀美、清和淡逸的苏式名菜、名点及名宴。

姑苏四季花宴

——《苏州四季花宴》序言

放在我面前的是一本记录苏州旅游与财经高等职业技术学校师生合力研发“味道苏州·宴遇四季”历程的著作。乍看似一本菜谱，但其内容描述精细，读来更像是专业的烹饪教材；配图精美，又像一本赏心悦目的美食图集。苏州曾出版过多种菜谱及美食的相关书籍，但以筵席为专题的仅此一籍。它充分展现出苏州精湛的烹调技艺及深厚的饮食文化，定将在苏州的烹饪史上留下浓墨重彩的一笔。

宴会，又叫筵席、宴席、酒宴等。大至国宴，小至家宴，不论大小，宴席上都会根据不同的需求规格，编排出一套菜品。从冷菜，到热炒、大菜、细点、甜品等，一应俱全。这些菜品都是制作精良的名菜名点，如此才能上得宴会桌面。苏州宴会上的菜品，光有口味、造型、色彩还不够，还要突出菜品本味、时令性及筵席的主题。

苏州的筵席源远流长，是人类饮食文明中的瑰宝。它深深植根于吴地文化中，又经历代名厨巧师精心打造，经文人墨客的推崇提炼，形成一套完整的操作规范、迎客礼俗，留下诸多风味浓郁、脍炙人口的名宴。这是一笔珍贵的文化遗产。苏州的大厨高手们个个身怀绝技，他们利用“四时八节”的物产，融合吴门书画、雕刻、刺绣等艺术手法，总能做出典雅秀美、清和淡逸的苏式名菜、名点及名宴，又传承着吴地医派“医食同源”的养生宗旨，打造出大批具有苏州特色的美味佳肴，形成一批热爱苏州味道的社群。苏州人常说吃“时鲜货”，故而在苏州吃上桌宴席，总能吃到苏州的时令佳肴、风味特色。

回顾吴地饮食史，曾出现过不少佳肴名宴，如先秦时的“吴王宴”、唐宋时的“船宴”、元明时的“官府宴”、清代宫廷中的“苏宴”等。到了近代，有俞曲园曾在曲园“春在堂”宴请师门同僚、苏州旺族“贵潘”潘祖荫在自家潘宅内宴请宾朋、张大千和张善孖居网师园时在园内以文会友等佳话。当下，苏州名宴也层出不穷，如松鹤楼菜馆的“乾隆宴”、得月楼出品的“吴中第一宴”、新聚丰推出的“三虾宴”、南园宾馆复制的“芸娘宴”、吴门人家奉献的“册封宴”、平江府特制的“文夫宴”等都闻名遐迩，还有那些名不见经传的吴地鱼宴、蟹宴、虾宴、鸡宴、素宴……另有各种婚宴、寿宴等，不胜枚举，各有精彩之处。然而，在苏州真正备受人们推崇的宴席，还是隐藏在城中街巷深处私宅、园林里的各种私人订制的文人宴，有人称之为“文人雅集”。他们总会选择私密、优雅的环境举办宴会，众宾时而吟诗答对，时而品茗饮酒，时而尝肴说文，充分体现出吴地文人高尚的修养情趣及他们对美好生活的追求。这些雅集宴会菜品制作精良，个性突出，确切表现出苏州筵席的精粹。

这本《苏州四季花宴》，展现的的确是苏州文人宴中的经典代表，又切合着四季时令。通晒一遍苏州名菜、名点，是对吴地传统筵席礼仪的复苏。每一季宴会以花为名做引子，春季的桃花、夏季的荷花、秋季的丹桂、冬季的红梅，引人入胜，给读者带来无尽遐想。阅读的过程便是品味每季的苏州味道之旅，亦能充分领略那些在岁月长河中代代传承、写满故事的美食带来的无穷回味。

春桃盎然食诱人。春宴选用多道时令菜品，由冷碟、热菜、美点等组成。餐前水果名为“春天故事”，运用中西结合手法制作，以桃花为主景，拼以果盒，构思巧妙，命题意深。最让人感动的是这桌春桃宴中，有将近十款菜肴采用苏州烹调技艺中传统的卷食手法。苏帮菜的用料精细、技法多样，在这些菜肴中体现得淋漓尽致。如：“月季鸡脯”是将熟鸡脯切成片，卷成月季花形装盘，形态逼真，食后口齿留香；“牡丹花鱼”是将鱼肉片成叶子状，修成花形状，拍粉，炸香，淋上果酱，卷摆成牡丹花形，色、香、味、形俱佳；而“芥蓝绿菊”则是将芥蓝去皮，斜刀切片，卷成花朵状，此菜脆香爽口，青翠欲滴；另一款“大丽马兰”，是采用春时马兰头，与虾仁制成细碎馅卷在百叶里，熟后改刀切成平行四边形，装盆后犹如一朵盛开的花朵，清香四溢；还有“菊花墨鱼”“太湖春早”“春蔬满盘”等均采用卷食法烹制。这些菜肴做得有声、有色、有形，对应着春时百花齐放，真所谓卷食亦风雅。值得一提的是享誉苏州的名馔“腌笃鲜”，在此宴中也有出现，名为“冬去春来”，其含义深刻，发人深思。此菜在原有腌笃鲜基础上改良提升，将春笋用刀修成古铜钱状，酿入肉酱、田螺肉，又把莴笋雕成田螺形态，另加入家乡咸肉，三者蒸煮至熟，鲜香汤清，不失为此宴压轴大菜。此宴突出了苏州烹调中的传统技法，如卷法、酿法等，做出的菜品艳丽多彩、应景应时、口味多变，让苏州菜中的诸多绝味珍馐重现江湖。

夏荷清风味珍美。夏宴以荷花为引，闻之令人联想到夏季苏州的清风、明月、荷塘、蝉鸣。此宴共由二十一道菜肴组成，是四季宴中道数最多、分量最重的宴席。此宴中冷菜就多达十二种，款款做得惹人喜爱。如："黄瓜夏花"，是将黄瓜切片，樱桃萝卜剖花刀，用两样简易夏令冷食拼成的，艳红、翠绿两色，光彩夺目，爽口清香；"水晶鱼味"，是将鱼肉与鱼冻完美结合，其烹调手法源自古法"水晶脍"，晶莹透亮，实乃夏令佳品；"虎皮白肉"，乃是苏州夏令虾子白切肉的升级版，经油煎香的肉皮，皮黄肉白，配以夏令出市的虾子酱油，口味鲜不可挡；最后，一款"夏荷藕香"把此宴中的冷菜推向了一个高潮，也再次点明了主题，此菜采用嫩荷叶、藕带，在多次调味后，荷叶卷上藕带，浇上芝麻酱汁制成，青翠碧绿，荷香四溢，让人食后回味无穷。试想在炎炎夏日，能吃到此种冷菜，怎不叫人心旷神怡？此宴中另有"荷香迎宾"鲜美可口，"金银满盘"中绿豆芽等爽脆缤纷。"夏荷粉肉"则是一款构思奇特的热菜，将鸡翅拆骨后塞入五花肉、藕条等，撒上多种调料，蒸制熟，鲜香可口，令人食后难忘。夏季不可缺失的糟味，则出现在那款"糟香绿意"中，内中去骨鳗鱼球透着糟香，味美，色泽光亮。这些菜肴向食客传递出一个信息——制作者的刀法颇为精湛，善用各种花刀，对各种食物用刀因材施艺，能够最大限度地凸显食材本色。此宴席中的每道菜品都与夏季时令食材相连，可谓至善至美。

秋桂飘香浅尝鲜。入秋后的苏城丹桂飘香、硕果累累，田间乡野收获正忙。此时，以鸡头米为首的水八仙、金秋大闸蟹、太湖三白（白鱼、白虾、银鱼）、山林中蔬蕈等苏州特有食材次第上市，秋桂宴充分利用这些食材，精工细作，烹制成一桌大宴。此宴共有多道传统菜点，制作者用尽潜能，可谓用心良苦。出品菜点件件精品，风味独特。如："熏香鲈脍"，此菜需将鲈鱼去骨去皮腌制，先炸后熏，香飘四方，为肴中精品；"水晶蟹方"一菜制作也十分细致，将鱼与蟹完美结合，此菜剔透晶莹，蟹香四溢，味鲜肉美；"紫茄香胰"是将秋后的茄子切成条加入调料，先入烤箱中烤熟成茄干，再与肉末同炒，成菜风味一流，颇有"茄鲞"的味道，此菜看似简单，要做出味道非一般厨人能胜任；"秋实水韵"则来自古人的"遗产"，是用蟹粉、鳊鱼的鱼肚肉、莼菜、松茸等熬制成的羹汤，旁边配有土豆芝士制成的饼，此菜古今结合、中西贯通，被称道是"江南绝世美味"。此宴中让人敬佩的还有一款佳点——"秋的遐想"。该点采用多种面粉、抹茶粉等，制成栗子、白果及四色银杏叶的形状，其构思精巧，绝非一日之功，确实能给人以对秋时景色的美的遐想。此宴以这款美点结尾，让人津津乐道。秋桂宴中的这些菜点，显示出烹调师非凡的操作技能、高超的手上功夫，那些果栗银叶的造型、色泽、口感等都完美无缺，称得上是视觉搭配味觉的双重享受。

梅景花宴年味浓。冬季岁寒年末，古有踏雪寻梅之俗，梅香氤氲，充满诗意。此宴中共收录十一道菜点，虽然总数比前三款宴要少些，但意境深远，又遇年节，故而气象祥和。头道水果拼盘就以“和和美美”点题，给人一种温馨之感。冷菜中的头菜“梅韵江南”清新悦目，成品冷菜用鱼制成花朵，山楂切成灯笼，又伴有羊腿条、蟹味菇等，在整枝梅花图案的映衬下，显得鲜艳夺目、情真意切，把梅景宴原意呈现出来。那块“梅影酱方”本是吴地冬时名菜，制作时先将带皮的五花猪肉腌制，再入老卤中烹制，又用小火熬煮收汁，装盆后另配有梅花朵朵，食之肉香浓郁，品相一流。“五福临门”一菜，则有些像是迷你版的“五件子砂锅”，锅中冬笋、鸭肉、咸鸡、蹄髈、紫菜蛋卷等拼成魔方板块，尝之鲜美异常，吃到此菜，老苏州便知道是年关已近了。“吉祥如意”虽然是款素菜，但上桌时分外亮眼，豆芽、水芹、韭黄、杏鲍菇等均以本色原味呈现，内中黄豆芽乃是年节中的“如意菜”，传递出美意连连。另一款“梅花汤饼”是此宴中的重头戏。梅花形汤饼的制作非易事。汤饼内包入馅心下锅煮熟，另配细长春卷，一湿一干，一软一脆，在朵朵红梅衬托下天衣无缝，颇有几分《诗经》中提及的梅粥品相。此宴中另有一款点心“松鼠戏果”让人拍案叫绝。此点心采用传统船点做法，松鼠、松果形象生动，尤其那颗油酥松果，起酥、油温都处理得恰到好处，满座无不为其叫好。冬宴中的这些菜点，彰显了出品者深厚的炉灶功夫，其火候把握恰到好处，焖制酱方、慢笃砂锅五件子、低温油锅烹制梅果、吊出的清澈鲜洁的高汤等，点滴都体现了大厨的英雄本色。

这套《苏州四季花宴》从研发到制成经历一年多时间，其间餐企、学校教师学生齐心协力，不舍昼夜。这些精美的菜品，不仅显示出师生之间的精诚合作，又显示出这支集合了名厨、教师、学生的队伍超一流的烹饪水平。这四季花宴，即使在当下五星级酒店内，也非轻而易举能做出来的。难能可贵的是这些在象牙塔内的师生，他们深爱着这项创造美的事业，在努力学习烹调技法的基础上，充分利用传统习俗、文化底蕴、现代食品科技研究等多方面的优势，研究创新。这些菜肴美点，虽然都能在苏州古籍菜谱里及传统苏州菜单中找出原型，但他们摒弃照搬照套，更多的是进行传承创新，使得这些菜肴美点更适合当下社会消费需求，有旧味也有新意，经得起时间考验，又能在旅游餐饮市场有一席之地。同时，这也是一次校企合作的成功范例。编写出版此书，旨在弘扬苏州饮食文化，更为了能与多方合力开启美食科研项目，未来投入市场，服务大众。

写罢这些文字，闭目回想，书中的近百幅精美彩图亦诗亦画；其文字陈述翔实舒展，制作说明有板有眼；烹饪技艺、刀法、火功穿越古今；其板肴卷食、炉鱼鱼脍、花馔船点等巧思妙搭很是精致。这四季花宴将吴地四时饮食之美尽显，实为不可多得的佳作，定将成为苏州餐饮史上能传承下去的经典名宴。

若要问起这“四季宴”中的真正秘诀，还是只能引用《吕氏春秋·本味》里的句子：“鼎中之变，精妙微纤，口弗能言，志不能喻。”

人们常说：苏州菜有书卷气，是一种『文人菜』。苏州私房菜就是其经典代表。私房菜在设计上注重将饮食的情趣与江南文化相结合，反映了那时的生活风貌及主人家对菜品气质的追求。

留住私房菜

时下私房菜流行，已经成为餐饮消费中的一个热点。不少食客冲着私房菜的私密性和菜肴的独特性而去。但不少店也只是徒有虚名，菜肴口味乏善可陈，环境设施一般，与人们想象中的私房菜大相径庭。尽管如此，仍有不少人愿意买账，他们不在乎吃的怎样，体验的是一种感觉，换个环境就餐，几个知己相伴，吃酒谈天，就已足矣。

在苏城大街小巷里打着私房菜招牌的菜馆比比皆是，有一些隐藏在居民小区里，有的在深宅古巷里，也有的在高楼顶阁上，还有的远离城区，在山丘小溪边……各式各样，应有尽有。其中有的收费昂贵；有的随性而开，只是为了有个与好友欢聚分享的地儿，店家分文不取还倒贴酒水！

人们常说：苏州菜有书卷气，是一种“文人菜”。苏州私房菜就是其经典代表。远的不说，在明清时期，苏州私房菜大行其道。那个时期，苏州乃江南经济、文化中心，商贾云集，官邸林立。富商、达官贵人家中皆有家庖、私厨、中馈等高手，其烹饪技艺一枝独秀。他们那里的私房菜，一菜一品，口味独特，可说是出了这家门即没有这道菜，往往是可遇而不可求的。私房菜在设计上注重将饮食的情趣与江南文化相结合，反映了那时的生活风貌及主人家对菜品气质的追求。除了这些饮食高地出品私房菜外，苏州那些殷实简朴的人家也有自己打的一路私房菜“拳法”，不仅菜做得精，粗菜细做，讲究时令，还有许多独到之处，这些人家常被人们称为“会过日子的人家”。

徐珂在《清稗类钞》一书中云：“苏州以讲求饮食闻于时，凡中流社会以上之人家，正餐小食无不力求精美。”袁枚《随园食单》中收录了他在苏州时吃到的多款私房菜，他抱怨有些菜点去苏州吃到过后就再也没有吃到过了，还特别指明是去唐家、尹家等吃到的菜品，有的菜肴特注为苏州法也。私房菜中另有一路名噪一时，隐秘性更强，被称为“书寓菜”。书寓里的女性才貌出众，知书达礼，卖艺不卖身，烹饪技艺高超。她们手下出品的菜肴精细、高雅、悦目，颇具艺术风范，在苏州私房菜饮食史上留下了精彩的一笔。

在苏州私房菜的历史长河中能找出不少著名的人物及菜肴，如以董小宛为代表的名妓在书寓中会友出品的菜肴被称为“私房诗菜”，典型的“私房诗菜”有董肉、灌蟹鱼圆、虾松、花露等；俞曲园在“春在堂”师生共聚时的菜肴被称为“私房师菜”，代表菜品有去骨刀鱼、火方、鸭糊涂、西瓜鸡等；另张大千、张善孖在网师园中以画会友，品吃的菜肴被称为“私房画菜”，代表菜品有伯虎醉蟹、八宝鸡、鲈鱼莼菜、斑肝汤等；近代如以周瘦鹃为代表的作家、记者，在家中共聚欢吃的“私房家菜”，典型菜肴有拌笋尖、腊肉炖鲜肉、肉塞鲫鱼、煸菜心等。这些各具特色的私房菜表达了一种共同的美食追求：饮食是一种生活情趣，是苏州这座城市深厚的人文底蕴的体现。

生活在苏州的食客，不必拘泥于私房菜高低，也不必纠结是否正宗，有选择地去品吃适合自己的私房菜，吃对了就好。前几日我也被几个同道约去吃了一次私房菜。那家私房菜馆开在城南，带城桥下塘，看似一家住宅，每天供应一桌苏州老菜点，没有菜单，有啥吃啥，全凭店家“施恩”了。说实话，在苏州能真正打动我心的私房菜实在不多，这次受邀前去吃的私房菜，起先在我看来，不过“徒有虚名”罢了。然而这次却真是不同，我食后回味不断，留下了深刻印象。有那么几道菜，让我惊喜不已。有款葱烧海参，海参涨发到位，火候恰到好处，海参均匀地裹满酱汁，送入口中咀嚼，细细品味能感受到软糯中带着一些弹性，海参香鲜味四溢。海参原本无味，需要配味，正如袁枚倡导的“把没有味道的食物，将味道做进去”。菜肴里垫底的那些葱段，翠白中带有焦黄，衬托着海参片，四周还围着翠绿的菜花，这些菜花底部浸渍在酱汁中，脆糯中带着鲜美。菜品十分悦目，口味浓郁，仿佛能抵达心田。

说起烹制海参，“吴地烧海参”为历史上最早出现的记载。沈莹的《临海水土异物志》提到此菜为三国时吴国临海等地的地方菜。那时海参被称为“土肉”，正黑，如小儿臂大，长五寸，中有腹，无口目，有三十足，炙食。烹制方法为“炙”，我理解为在烹调上应使用少汁烧制法也，可见在吴地，吃海参的历史由来已久。吴地人视海参为珍品，常用于高档宴席，做法多变。

在吃完海参那一刻，大厨送上一菜，未报菜名，随着大厨走上前来放在桌上，一股熏香扑鼻而来，醇厚的气息弥满整个餐桌。此菜乃传统古法生熏白鱼。大厨亲自送上，并说让大家食后提一些意见。那款菜为苏州菜肴中的传统菜，现菜馆饭店由于多种原因已无供应。那菜做得精致，一段中段大的白鱼，色泽金黄，外松脆，鱼肉细嫩洁白，咸中带一点焦甜。鱼香飘散，片片蒜瓣肉洁白鲜香，香不可挡，食一片即倾心，吃上一块即放不下筷来，真是：绝味今朝喜待尝，犹含风露万珠香。我知道制作此菜非易事，白鱼需腌制、浸渍，生熏鱼对技术要求高，熏锅要密封，炉火掌握需有分寸。苏州人尤对熏料重视，采用茶叶、红糖及锅巴屑等，要有二次熏制，火候、投料把控需严慎，鱼集茶叶的清香、红糖的甜紧、锅巴的焦感于一体，出锅后还要浇上些秘制露汁，方能成品。此菜复原传承了苏州熏制品中的经典菜肴，大厨真是一番操劳，食者吃到这道菜就仿佛看了一段精彩的“折子菜”，生出意犹未尽之感。

这顿私房菜，店主还另配一些热炒、白什盘、爆爽脆、鸡油菜心等，细点荷花酥、藕粉饺等做得都十分精致。同桌那些食客似乎食指大动，胃口大开，道道清盘。还有一道压轴大菜，菜名为荤粉皮，店家告诉我们，那是旧时苏州大户人家老爷的专属菜品。其菜名还真有点“捉弄”人，说是“粉皮”，其实都是甲鱼裙边。看那菜满满一大盆，晶莹剔透，甲鱼裙边静卧其中，上面浇满新鲜现制的清炒蟹粉，盆内四周溢出金黄色蟹油，真有点“出盘四座已惊叹，举箸不敢争先尝”。此菜拼的是技法，更看重食材的稀缺性。在制作时，甲鱼裙边上黑衣需退净，厚薄一致，做到真似粉皮，蟹粉与裙边依偎一起，“你侬我侬”，鲜香浓郁。吃上一口，鲜味瞬间充满整个口腔；咽下那一口，身心都为之沉醉。此菜也只能在苏州吃到：优质食材加上精细烹饪，两者巧妙搭配。通俗的菜名，真乃神来之笔。

这顿私房菜，我们都吃得十分欢畅。餐厅虽然设在住宅中，但也有几分风雅。插花、香茗、书画、陈酿，该有的都有了，虽然不奢华，但可谓是“麻雀虽小，五脏俱全”。菜的道数不多，量也有限，但品的就是这味！店家用心良苦，事后我得知此店掌勺人也是大厨出身，对自身要求可高着呢！他平时常去菜场采买优质食材，有时还到外地交流学习烹饪技艺。我们在品吃的过程中，看得出这是一位有着自身个性的大厨，把菜肴做出了自己的风格，对菜肴精益求精，且有着超然的审美，处处传承着老苏州的味道。直觉告诉我，那晚我不仅品尝到了苏州老菜的滋味，还体验了一把江南老苏州人生活的情趣。

太湖船菜源自生活在太湖边的渔民，也源自渔家独特的『水陆两栖』的生产、生活方式。他们在所生存的山水之间，探寻着那些时间与空间里蕴藏着的太湖鱼鲜的『密码』。

盘中自然

——《太湖船菜初探》序言

若三、陈智勇两位先生共同撰写的这本《太湖船菜初探》，从描述太湖流域渔民先祖的出现、渔猎耕作生产的分工、渔具船只的演变开始，随后又从渔民的生活、饮食习惯等诸多方面入手，对整个太湖地区的地理环境、天然气候、地产食材、水域风物文化等进行了全面的阐述。全书以太湖船菜为主线，详述了太湖地区渔家的生活、生产习俗及太湖渔民乐观的生活态度，是对太湖渔家悠久历史的一次溯源。阅读此书，就像走进了一座太湖船菜博物馆，让人目不暇接、受益匪浅。

太湖船菜的起源、发展走过了漫长的历史，它经历了从无到有、从简单到繁杂的过程。对太湖船菜的研究解读，看似仅为对美食的一种探讨、深挖，实则是对苏州太湖地区社会生产、生活、文化艺术等状况的总结。吴中太湖船菜，就是在太湖渔家生产、生活中形成的，是以“鱼鲜”为特色的风味美食。乘着改革开放的春风，船菜文化在太湖流域蓬勃兴起，原汁原味的鱼鲜与太湖山水的自然美景相辅相成，应运而生的“太湖船餐”出现在太湖四周。桌上佳肴琳琅满目，食客登船品味，食间远眺山水林木，在心旷神怡中感受太湖渔家美食的独特风情，此种情景在此书中有着饱满的文字叙述，读来让人仿佛身临其境。随着太湖环境治理工作的展开，船餐舟舫逐渐减少，富有特色的太湖船菜渐渐迁至陆地上，延续美味。时至今日，人们仍口口相传、称颂着那些以鱼鲜、湖蟹、果蔬、水禽、竹笋、菌类等制成的珍馐，孜孜不倦地追寻着太湖船菜的风尚。

古城苏州真正沉得下心来研究太湖船菜风俗的文人、学者甚少，有关太湖船菜风俗的文献资料也是寥寥无几，地方志中略有相关的只言片语，却非人人所能尽读，古今文人笔记闲书中的相关记述更是少之又少，唯有留心者记之。可以说这本书所详述的太湖船菜，其精细及用心程度，为苏州灿烂的饮食文化乃至地方文化都做出了贡献。两位作者并非专职作家，也非文史考古者，更非专家学者，只是生于吴中、长于吴中，有卓识的普通人。他们凭着对故乡的眷恋，凭着对太湖船菜研究的浓厚兴趣及强烈的责任感，饱含热情地讴歌着吴中大地上的人与事。

两位作者在工作之余，利用假期和空档，四处走访吴中水乡古镇，登舟访友，求见渔家，向当地前辈、老者们收集素材，又广读书籍，苦寻资料。盛暑挥汗，严冬呵冻，在数不清的不眠之夜里伏案写作，历经五年多的时间，写成分为七大章节三十小节共三十多万字的

《太湖船菜初探》。此书像是饮食工具书，又像是苏州美食的“资料库”，更像是一本吴中太湖渔家饮食的大百科全书。它填补了吴文化中太湖渔家饮食文化的空白，意义非同小可。

太湖船菜源自生活在太湖边的渔民，也源自渔家独特的“水陆两栖”的生产、生活方式。他们在所生存的山水之间，探寻着那些时间与空间里蕴藏着的太湖鱼鲜的“密码”。虽然同样诞生在悠久的吴文化里，但太湖船菜与苏州文人所述的虎丘山塘河“花船”里的船菜、船点有所不同，太湖船菜的菜点要更加朴质，更贴近自然。太湖船菜是苏州饮食文化的重要组成部分，犹如繁花似锦的苏帮菜花园中的一朵仙葩。两位作者在阐述太湖船菜前世今生的过程中，不断转移笔锋，描述与鱼鲜相关联的多种苏帮菜，在饮食史料中追寻太湖船菜的根茎，征引浩博，让人读来兴趣盎然。从那些朴实无华的文字中，仿佛能看到，在烟波浩渺的太湖中，一代又一代聪颖智慧又有着强健体魄的渔民在雾里识得方向、在风里听得鱼信、在水下摸得航道，日复一日搏击风浪，勇闯险滩……正是这些大无畏的渔民，撑起了太湖渔业的一片天地。

太湖船菜的烹调不同于其他任何一种菜系，具有其内在的独特性，这源于太湖渔民对太湖水产品独到的见解，能最大限度地保持食材的本味。太湖鱼鲜的烹调手法纯朴而简单，渔民在生产、生活过程中形成了一套独到的烹饪方法。

其中最为人津津乐道的是对鲜活水产的处理方法：活鱼宰杀后，不用水来清洗，而使用干净的布头抹干，随后即入镬烹制，此乃渔家制鱼古法，能最大限度保持鱼的鲜味，代代相传至今；另一种处理方法是在腌制鱼的时候只除去鱼的内脏，不去鱼鳞，晒干烹制成熟鱼后，再用手撕去鱼皮、鱼鳞。如此制成的鱼肉白净味美，吃时用手掰成小块儿，风味十足，越吃越香，太湖船菜中常用的冷菜“掰掰鱼”就出于此法。

太湖船菜以太湖渔家风俗、文化为源头，通过对太湖地区出产的食材的整合、烹饪，从渔家灶头逐步走向市场，以其简朴、纯真的烹调手法，独特的风味，从苏帮菜中剥离出独一份的属性，在市场上赢得了声誉，吸引了广大消费者。太湖船菜的烹调技艺也在此过程中得到进一步的提升。在“纯与真”“俭与朴”“传与承”“创与新”中，太湖船菜逐步塑造出其性格。而那些典籍中记载的太湖船菜：鱼羹、三白、鱼饭、炝虾、炸蟹、风鱼、腊肉、咸鸡、风鹅、糟蛋、爊鸡、鱼鲞、梅鲚粥、齑菜、红米饭、五彩团……更是让人领略了太湖船菜普适性之外的独特魅力。这些菜肴背后还大都有着传奇的故事，使之成为吴地的代表菜点。

这本《太湖船菜初探》深藏着作者对太湖船菜的企盼。书中除写明了太湖船菜的文化源头、菜肴特色外，还详细讲述了与之关联的种种人与事，乃至民间信仰、婚嫁环境等。说到底，这本书乃是对太湖船菜在当今社会环境下的应用探索。在书的结尾章节，作者极力为太湖船菜的发展推广建言献策，读来令人振奋。

在一个城市中，美食并不是孤立存在的，它会与多种文化元素紧密联系在一起，与地方民俗、民间传说等以组合的形式出现在市场中，从而使城市更具个性魅力，文化更具内涵。如何以太湖船菜带动经济、旅游服务等，将是一个值得思考、探索的课题。时下，旅游业已成为城市经济发展的巨大动力，太湖船菜是一种特色鲜明的产业经济。在其呈现方式与应用上需注入新的活力，塑造吴地美食的新地标，使之成为城市文化和旅游文化融合的新杠杆。

苏州糕点的发展，一来与水乡盛产稻米相关，二来与地方饮食风俗习惯有着密切的关联。苏州人似乎自出生开始，在饮食上即与糕点结缘……

一城糕香

苏州是人才荟萃之地，从事烹饪业者可谓多不胜数。在烹饪技艺上，薪火相传，代不乏人，到今朝更是群星璀璨。汪成、钱建林两位烹饪大师更是这群烹饪艺术大师中的佼佼者。现今两位大师携手编著这本《苏式糕点制作技法》，实为难得，他们把各自关于苏式糕点的做法在书中详尽道来，着眼于烹饪事业的传播与未来。

汪成是苏州烹饪界著名的白案大师、苏帮菜一代宗师、苏帮菜第三代"非遗"传承人，从事白案工作已近五十年了。早年他师从得月楼菜馆朱阿兴大师学习白案制作技艺，在"四块面团"及苏式船点制作方面尤为得心应手。随后他又师随黄天源糕团店冯秉钧大师学习制作苏式糕团，学已成业。而今汪成大师在烹饪界白案制作技艺上"十八般兵器件件皆能"，又自成一格，尤为业界所器重。

钱建林大师为江苏省苏州技师学院中式烹调高级技师，毕业于扬州大学烹饪专业，从教烹饪专业二十余年。早年间在苏州王四酒家学艺，随后在军营中锤炼数年，退伍后又从事烹饪事业。阅历丰富，技艺精湛，在烹饪专业教学中成果累累，获奖无数，桃李满天下。他在技师学院中成立“钱建林烹饪技能大师工作室”，公开传授烹饪技能。

而今两位大师联手出版《苏式糕点制作技法》一书，可谓珠联璧合、别开生面。过去在人们的思想认知里，他们可能一位乃“劳力”者，另一位是“劳心”者，但这两位都具有“匠心”，专为烹饪一业，角色又能互换，能动手做菜制点，又能走上讲台，纵论艺道。他俩运用灵巧双手，加上自身的人生经历和感悟，联手制作出八十道经典苏式糕点，并以图文并茂的形式展现在读者面前，又精细地把制作技法分解为背景典故、食料选材、制作技艺、产品特点、制作要点、上市季节等，每方面都做了深入浅出的分析，尤其在糕点制作技艺方面，每一步骤都有对应图片，让你有章可循，照此做法定能学会做一些苏式糕点。对一些制作有难度的糕点，又着重告知制作时要掌握的要点。此书有精美的彩色图片，赏心悦目，又有雅致的文字，既是一本可读可品的苏式糕点饮食文化书，又是一本可学可教的糕点教材。苏州原有的饮食文化书籍中菜谱为数不多，关于白案制作的更少，单论糕点的书籍更是少之又少。故此书在一定程度上丰富了苏州饮食史上对糕点的论述，是一笔宝贵财富，也为培养提高青年一代糕团师傅的制作技艺提供指导，以及为省内外从事糕点制作的同行提供参考，其意义非凡！

江南水乡苏州盛产稻米，而且稻米量多，品种亦多，历史上记载的苏州名贵稻米“红莲稻”“金南风”“鸭血糯”“香粳糯”等，均为吴地出产的粮食中的名贵品种。以稻米磨粉制作糕点始于三千多年前，历史悠久，周代《礼》中有：“稻米二，肉一，合以为饵。煎之。”“饵”即粉饼之意。《周礼》中“糗饵粉糍”，指将大米捣成粉末，做成干粮。

唐宋时期，苏州糕点品种已十分丰富，从宋代《吴郡志》《平江图》等志书图录中可以找寻到。苏州的糕点制作已形成一定规模，遍及大街小巷，如雪糕桥（今肖家巷东）、沙糕桥（贤直桥南）、豆粉巷（豆粉园）、水团巷等。那时著名糕团点心品种有雪糕、花糕、生糖糕、糖松糕、焦热糕、甄儿糕、蜂糕、重阳糕、百果糕、夹馅糕、绿豆糕、海棠糕、上头糕、神仙糕、粉糕、马蹄糕、脂油糕、云片糕、火炙糕、定胜糕、喜糕、年糕、乌米糕、玉带糕等，真是数不胜数。元明时期，苏式糕点风味尤为突出，品种相当多，如《易牙遗意》中记有五香糕、松糕、生糖糕等，《宋氏养生部》中记有松黄糕、芡糕、栗糕等。

清代袁枚《随园食单》记：“软香糕，以苏州都亭桥为第一，其次虎丘糕西施家为第二。”又云：“以纯糯粉作糕，分作三层，一层粉，一层猪油，白糖，夹好蒸之，蒸熟切开，苏州人法也。”再如《虎丘志》载：虎丘有“蓑衣饼”，“脂油和面，一饼数层”。

《姑苏志》云：“松花饼，春夏之交，山人取松花调蜜作饼。”文学作品《红楼梦》记有多款苏州糕团，如枣泥山药糕、藕粉桂糖糕。《金瓶梅词话》记有吴地枣糕、万寿糕等。著名作家周作人在《知堂谈吃》中记：“清明时节山头松树开花了，那时松花香糕，有一种特别的清香，非常好吃。”随后多年，苏州糕点愈加发展壮大，声名鹊起，独步天下。

千百年来经无数能工巧匠不断探索，以糯米粉、粳米粉为主要原料，用莲子粉、芡实粉、绿豆粉等制作成的苏式糕点发展成为一种具有地方风味特色的食品品种。苏式糕点的发展，一来与水乡盛产稻米相关，二来与地方饮食上的风俗习惯有着密切的关联。苏州人似乎自出生开始，在饮食上即与糕点结缘，凡添子、祝寿、迁徙、婚庆、造屋等都以糕团为礼，平时走访亲友均以糕团馈赠，就连每日早点、午后茶点都离不开糕点。

书中展示的这些糕点，始终遵循古法手工制作，品种多，色泽鲜艳，入口软糯，以香甜细腻著称，讲究在色、香、味、形上下功夫。

"色"，均以天然植物捣和为之，用色和顺，调配适当，又根据季节、造型不同加以配色，以达到绚丽多彩的效果，满足不同要求。如书中提到的那块玫瑰百果蜜糕，色泽艳丽、香甜软糯，追其色泽，那殷红底色乃是红曲粉加玫瑰酱，碧绿为猕猴桃干，金黄为松仁，另有白色瓜子仁、核桃仁等加以配色，此糕成品油润光亮，色泽诱人。

"香"，以花果料中自然香味为主，常将桂花、薄荷、百合、果仁等注入糕点中，做到"香中有味，味中有香，香中有色"。如那块松仁枣泥拉糕，枣香扑鼻，糕上撒落粒粒松仁，松仁经油氽后用在糕里，其香味尤为强烈。制作者又严格遵循"香不乱投"的制糕原则，使此糕香味浓郁，格调高雅，终成名品。

"味"，苏式糕点甜咸皆备，以甜为主，甜味中有重糖和轻糖之分，咸味中也分椒盐、咸味两种，又以咸中带鲜甜为风味，在配料中有时还加入猪板油丁等。这些糕点在口味上达到味不失真。书中展示的夹沙条头糕口味醇香甜糯，而且层次丰富。糕中馅心为豆沙，细腻中带出甜味；外表滚满芝麻，脆香中带出甜润。糕粉自然清香，开胃爽口，为夏令佳品。

“形”，这些糕点追求外形美而多变。有长、方、圆、菱、三角形等，外形完美，变化多端，看后真让人爱不释手。书中展示的那块白糖元宝糕，造型别致，用蒸制糖年糕的粉团做成元宝形糕，配合人们过年、祭祖等习俗。糕上面撒上咸桂花。糕的成形全赖手工捏制，非等闲之辈能为之。

读此书，对照糕点品种花式，总觉意犹未尽。他俩把多年积累的制糕经验、手法毫无保留写在书中，并做详细图解，又把这些糕点的用料、揉法、口感、配粉比例尽现在读者面前，连啥时吃这些糕点、上市季节等一并交代清楚，真可谓大公无私、乐于奉献。

“谷成精品香，吴门独一技”，苏式糕点制法乃中华饮食文化之瑰宝，是一门艺术。近期苏州糕点制作技艺已被列入省级非遗保护名录中。如果说苏州糕点有所发展、有所建树的话，离不开像汪成、钱建林这样一批大师。他们毕生致力于苏式糕点制作，用全部力量来著书立说、传承糕点制作技艺，用他们的力作告诉人们“创新基于传统，智慧出于实践”。

俗话说：“拳不离手，曲不离口。”汪成、钱建林两位大师，早已功成名就、笑傲江湖了，但他们仍然坚守在灶前、讲台第一线，不改初心，一心把苏式糕点做得更香一点，分享给四周的人们。

愿这份来之不易的手艺与幸福味道代代相承。

稀粥晶飯

味在心中

一块名叫『园林里的小方糕』的方糕吸引着一位北京来的食客，他不断用手机拍照，传给北京朋友，他们都称赞方糕做得精细，尤其方糕印面上有园林里的『漏窗』『亭子』『小桥』等图案，惹人喜欢。

读菜“楠书房”

“江南雅厨”近年来一连开了多家精致餐厅，有的在大商场内，有的在山水脚边，也有的在高楼深处，而且一家比一家开得好，餐厅装修格调高雅，湖石、书画等点缀艺术感强。这些餐厅都有一个共同特点：地处“绝佳景处”。

天平山脚下半庭嘉宴，漫存着天平山“高义园”范式大家气息。餐厅包间向外见山见树，郁郁葱葱，空气中总带着山林新鲜气息，净化着心灵。美味与美景一统，真能消解乡愁。

金鸡湖畔兰博基尼酒店半庭嘉宴，坐西朝东，迎面即是一汪湖水，波光粼粼。对岸耸立的国金大厦像柱子一样直插云端，身后的东方之门高大无比，入夜灯光灿烂，五光十色。在此就餐，真有处人间天堂之感。

园区李公堤“江南雅厨”餐厅，处在湖边桥堍，是座西式结构小洋楼，却处处显现着古典园林元素，漏窗、花木、摆件、曲折楼梯。窗外清风湖水，包间阳台上，金鸡湖景一览无余。在此环境中就餐，总是心旷神怡。

当下社会，餐饮越做越精细，除了对菜肴服务“深耕细作”外，已连结到对文化艺术的追求。给人们创造出艺术环境舒适一流的餐厅，让精致美食与美景和文化艺术完美结合在一起，满足人民群众日益增长的对美好生活的向往，“江南雅厨”正是沿着这一条路在不断向前探索。那里的苏帮菜，传统中常有创新菜品，典雅、时新，又具颜值。在烹调中常用古法，更多活用当下前沿料理模式，中菜西做，西菜中制，创制出一批又一批时尚新苏州菜，受到消费者热捧，生意红火，越做越大。不久前城南吴中喜来登酒店“江南雅厨”开业，这是星级酒店与社会餐饮的一次完美结合，走出了一条崭新的路子。

我一直是“江南雅厨”忠实的消费者，其中我常去的，是在城南泰华七楼上的“江南雅厨”。我心怡这家餐厅是有原因的，因为那里交通便捷，有地下车库，车停好，有直达电梯到这餐厅，就餐结束后去总台报上车牌号，停车免费，省事、快乐；不开车去，有地铁可到达，楼底层电梯直达餐厅。当下城市飞速发展，街上车多为患，堵车是常事，有时堵得慌，影响食欲。去泰华七楼“江南雅厨”吃饭即“说走就走”，早到了还可在泰华商场里兜上一圈，放松心情。

这家餐厅设立在大楼七层靠窗一边。走入餐厅，先走过一条长廊，廊一边挂着诸多菜肴、园林图片，另一边陈设湖石、花木，另有一盏盏红灿灿的地灯，灯光烘托出古宅气息，透过窗，隐隐看见就餐的人群。餐厅大门处设立吧台，服务员招呼着前来就餐的人群。大堂内一边放着吃茶长桌，另一边是散台。几间包厢分别用“拙政园”“沧浪亭”“狮子林”等园林名称作为名字。墙上书画散发墨香，落地小摆设古朴雅致。有意无意向你表露出这是间有艺术感的餐厅。

我常来这家餐厅吃饭，内中最让我心动的包间名叫“楠书房”。进门后右拐，夹着一条石板铺成的短道，走在上面似乎忘记这是在七楼，而像是在老宅园林里。进门，门旁边挂着“楠书房”牌号，内装修是青灰色调，连台布、窗帘都是一色青灰。座位对面墙上挂着大幅水乡画镜。橱窗内一排陈列着店开业时嘉宾的墨宝签字，琴桌上放着苏式红木小摆件及一些原石件，另有一些可随手翻阅的书刊。所有这些配上柔和灯光，融为一体，处处透出淡雅清秀的苏州味道。

端午前一天中午，我又去了“楠书房”吃饭，同去的还有多位外地美食家，说到近期这家餐厅推出多道新品菜肴，特前来品尝。其中最撩人的是一碗半卤五虾面。有朋友问何谓“五虾”，我随即介绍道：

> 吴地入夏，始食虾。吴语说：“汏”出虾子，“剥”出虾脑，“拆”出虾仁，“熬”出虾油，“笃”出虾卤，谓之“五虾”。用前三者为主料，后二品为调料，配以辅料与面条拌起，乃苏帮菜传统夏季经典五虾面也。

苏州人吃食有雅意，不时不食，素心至胸，等候季节，美食归来。太湖虾汛，子虾上市，以虾入宴，正当口福之时，真乃：一湖鲜馔无他意，吃出人间真滋味。

那日菜品，店家早已为我们准备就绪，我们落座后即开始上菜。最先上桌的四道冷盘各有特色，为两荤两素：虾油蒜蓉红虾、虾子云林白鹅、豆沙虾卤山药鱼子酱及虾脑椒泥贝丝白茄。那碟红条虾采用现代低温烹制的新技术，口感极佳，巧制生炝虾条，似熟似生，用虾油及蒜蓉配调后愈加鲜美。冷食中最为抢手的当为那盆虾子云林白鹅，此菜来自元代“倪云林饮食堂制”中的烧鹅，后被清代袁牧称作“云林鹅”。今日重现，又在原法上加以改良提升，采用太湖新鹅，先蒸后卤，鹅肉香嫩，虾子覆盖在鹅肉上，真有“碧水白浪乡野间，红掌清波一道鲜”之感。冷盘中两道素菜，采用山药与白茄，都是最普通的食材。山药配上鱼子酱，似乎提升了品位，微甜、微酸口感，可口新奇；虾脑配于白茄，软糯中有了咬劲，又带出鲜味。这些菜品一改过去呆板单一的口味，视觉上又有新意：雪白的山药配以碧绿豆泥、乌黑的鱼子酱，三色俱全；殷红虾脑配以洁白的茄条、金黄贝丝，色泽艳丽。

前菜：鱼子酱蟹肉色拉。这道菜是特别隆重推出、单独呈现给食客品尝的。此菜端庄华丽，似中菜又似西菜，其烹制手法出自原米其林大厨，究其本质，实乃吴地经典古菜“蟹胥”翻版之作。在姑苏吃蟹，讲究按其部位分段来吃。此菜中只用现拆的“六月黄”，用蟹胸肉加酸瓜、小洋葱、鲜榨青柠檬汁，配以色拉酱，成品口感微酸，略甜，果香味十足。旧时苏州蟹谱上有吴人曾将蟹肉斩细，做成蟹酱，称其为“蟹胥”的记载，其味鲜至极，乃吴中珍品。蟹肉色拉与旧时“蟹胥”有异曲同工之感。此菜应用当下流行的虾子结顶，口感层次丰富，真可称为苏州菜中新的传奇。

我在这次吃饭过程中，如电视节目中的导读主持人一样，边吃边讲着相关食材来源以及一些苏州的饮食典故。同道食客中有外地来的朋友，有时听得点头示好，有时也只顾“猛吃”，但气氛倒也融洽。

接着上桌多道热菜，食客们食指大动。每人一客的拆骨酿蒸黄鱼鲜美至极，那块黄鱼身上撒上了米粒酒酿、碧绿葱花还有晶莹猪油丁。一位南方来的食客吃完鱼肉，连汤汁也一起喝完，说这是骨子里的鲜香，不能浪费哪怕一点一滴。新风凤尾三虾是热炒中的重头戏，我主动介绍道：“苏州大厨炒虾仁总是得心应手的，而凤尾虾处理略有讲究。鲜虾尾部且留着，烹制时油温要适当，虾脑、虾子分别炒制，再会合在一起。此菜装入碧绿鲜荷叶里，配着粉红荷花，色泽艳丽。最为隐秘的莫过于吃凤尾虾时，咬出虾尾壳后，留在舌尖上的那一滴汁液，鲜美无限。旧时老苏州人吃此菜时总关照说：‘尝尝味道，不好说懂吃的，味在其中。’”我说完这话后，食客们留心吃着三虾，其中凤尾虾尾部汁液都已尝到，坐在我身旁一食客说道：“百菜香鲜尽在雅厨里！”

虾子桃胶牛肋排又是一道时尚新菜。此菜色泽靓丽，在自然光线里愈加多彩漂亮，那块略带黄色的晶莹剔透的桃胶似乎凝结了桃花芬芳，殷红的樱桃用来点缀结顶。牛肋骨色泽枣红，上面撒满赭黄鲜虾子，吃上一口牛肉，净含鲜香。坐在我对面的一位老苏州食客介绍道：“旧时苏州人是不食牛肉的。现今国外牛肉进入市场，多了一道吃食，刚才吃到的是我近期吃到的最为满意的牛肉。”

五虾面的上桌掀起高潮，那面条盛放在一只花瓷碗盆中，油润鲜洁，色泽光亮，洁白虾仁，鲜红虾脑，赭色虾子，金黄姜松，翠绿葱油。又用虾油、虾卤调配成卤汁，面条用此卤汁拌着连同浇头一起吃。还有一碗骨头单汤，配着面吃。如此讲究的面条呈现在各位食客面前，谁都会拍案叫绝。那半卤五虾面，每个人一碗，都一扫而光！我起身说道："这道吃食，品吃正当时。现时不吃，过季再等一年。"

一块名叫"园林里的小方糕"的方糕吸引着一位北京来的食客，他不断用手机拍照，传给北京朋友，他们都称赞方糕做得精细，尤其方糕印面上有园林里的"漏窗""亭子""小桥"等图案，惹人喜欢。玫瑰馅心，他吃得如痴如醉。他说回京时定要带上一份分享给北京朋友！

此桌菜肴没有"重头"的大菜，最后也只是上了煸炒时令双蔬及一盅带汤蒸菜，即结束品吃。似乎大家都吃得心满意足，吃得轻盈且愉快。我说道："苏州吃食总是对应着季节，为'不时不食'，菜点精细、雅致。你们可看看这些餐具，精巧素雅，与盛放的美馔相配相宜，与这间'楠书房'色调又一致，可见这家餐厅制菜真用心良苦呀！"

"江南雅厨"的服务也是有口皆碑的。其他不说，就拿上茶来说：我们一行人来到餐厅门口，服务人员即上前招呼，知道我们是"楠书房"的客人，即在前面带路，一路上"请"字当头。到达餐厅入座，即问要什么茶水。我自作主张要了绿茶，不多久一壶沏好的碧螺春送到面前，服务人员手捧着一只木盘，内中盛放着多只不同色彩的茶盅让我们挑选。我挑选了一只蓝色瓷茶盅，随后服务人员主动给我倒上一杯，那杯茶吃得真舒心。

“楠书房”那顿吃食已过了多日，但记忆常在心中。北京的食客朋友来电谈起那次相聚，难以忘怀“江南雅厨”和“楠书房”里的美味佳肴，说还要再组团来苏品吃，并一再要求仍要在“楠书房”品吃，而且要我再次当“导读者”讲述江南文化和苏州菜。一位沪上美食家曾对我说道：“‘吃食’与‘读菜’都有一个消化的过程，前者消化食物，后者消化文化，其共同点是都汲取营养。”一档品吃能让人在物质、精神上都有收获，真是美事！但在我看来，读菜“楠书房”倒是让这些苏州菜肴佳点多了一点书卷气，也让更多的人了解江南文化、苏州菜。自己读通了，并让人家听懂，也是一种对饮食文化的传播。

那白色糕粉下露出一抹艳红，是玫瑰色彩。刚出笼的热糕最好吃，那糕用吴语来说，口感是『滴糯滴糯』的，尤其那一坨长条形的玫瑰馅心，带着果花芬芳的甜香，吃上一口，直抵心田。

绣眼斗糕

在苏州的糕团品种里有一种小宗“斗糕”品种，不要小看这块糕，欢喜吃此糕者大有人在。斗糕一般都是现做、现卖、现吃，趁热吃甜糯感尤佳，好吃呀！出售此糕者大多是挑担走街串巷的小商贩，亦有每日到固定地点出售斗糕的人。

旧时在玄妙观露台西首下，有一个斗糕摊点。摊主名叫陈大，家住牛角浜孔过桥堍，每日至此，现做、现卖斗糕。陈大无妻无儿女，孑然一人，专心做斗糕，每日，天不亮即起身磨粉，潡好粉，准备好做糕馅心等。天大亮时，即挑担前往玄妙观。那副担前头是炉灶具，后头是木制食盒抽屉，盛放糯粉、馅心等原材料。

陈大平生有一爱好——欢喜养鸟，他饲养一种叫“绣眼”的鸟。此种鸟小巧玲珑，身体仅水饺那般大小，通体碧绿，羽毛略带黄色，嘴尖，尾部较短。那鸟的眼睛很特别，细小丹凤眼形，有神、发亮，眼部四周长着一圈白色毛发，如同画了眼线一样，颜值极高。“绣眼”鸟叫声细脆、清亮，如银铃一般，声音虽不大，但送得远。在苏州欢喜饲养此鸟的人，真有许多呢。

陈大饲养的“绣眼”鸟总是不离身的。他挑担出行卖糕时，总把鸟笼挂在担子后端，一路走来，鸟叫声也不断。那时我家也居住在牛角浜，有时清晨听到陈大的鸟叫声，就知道陈大挑担出门去玄妙观卖糕了。陈大到达玄妙观他的摊点后，总把鸟笼挂在摊点后面的树杈上。鸟笼里那只“绣眼”鸟总是活蹦乱跳，叫声不断，高声啭鸣。

陈大制作斗糕，精细认真。那摊点上一只炉子炉火正旺，上面放着锅子，内中热水腾起、蒸汽直冒，锅盖中央只露出一小孔，蒸汽从中喷出。斗糕采用木制小圆桶模具，底部漏空有一小洞，其形状与定胜糕相仿，只是形态略小一些。把漱好的糯粉、粳粉放入模具内，然后填入馅心，一般为豆沙或玫瑰等，上面再铺上一层糕粉，压上一块薄铝板，底部小孔对准蒸汽口，即放在锅上蒸熟。那斗糕形小底薄，一般两至三分钟即能蒸熟，蒸熟后将糕连模具一起取下，换上另一只蒸糕模具交替使用，蒸熟的糕随即倒合在铝板子上，就可出售了。

斗糕全身洁白，修腰体态，娇小玲珑，惹人喜爱。那白色糕粉下露出一抹艳红，是玫瑰色彩。刚出笼的热糕最好吃，那糕用吴语来说，口感是“滴糯滴糯”的，尤其那一坨长条形的玫瑰馅心，带着果花芬芳的甜香，吃上一口，直抵心田。

陈大的斗糕摊点上总是挤满着人，人们爱看他熟练的制糕手法，那制糕模具在他手上颠来倒去，他如同魔术师一般。有些人买好了斗糕，一边吃着，一边去旁边听露天说书。更多的人边吃着斗糕，边向后面走去，看那只“绣眼”鸟。有时那只“绣眼”鸟清脆的叫声引起人们好奇，人们纷纷前来观看，听其悦耳的叫声。

听完鸟叫声，有些人还顺便买上几块斗糕带回家去吃呢！

一时间，陈大出售的斗糕与“绣眼”鸟成了他的标志。玄妙观里的“绣眼斗糕”成了人们茶余饭后热议的话题。

我小时候曾听大人们讲起，不要看陈大做的斗糕是小生意，他也是大户人家出身，原籍江阴，只是家道败落，亲人散失，才渐入困境。但他笑看人生，以糕为业，凭手艺吃饭，活得自在。而大户人家养鸟的闲情遗风，仍然被他传承下来。

陈大饲养“绣眼”鸟十分讲究。那只红木鸟笼极精巧，由名家制成，又配以绣花笼衣及银钩。鸟笼里食缸，清一色斗花五彩瓷。其实那只鸟笼是他的家族唯一留给他的家当。陈大爱鸟如命，每天做好生意收摊回家，第一要务就是给鸟洗澡，清洗鸟笼。每天除备好鸟食外，总要扦光一只荸荠或是苹果等给鸟吃，有时还会弄些小虫荤腥给鸟吃。

那鸟给他养得“光彩照人”，叫声细响动听，连四周邻居都能听到。陈大在家空闲下来就沏上一壶茶，坐在靠椅上闭目养神，静听那只心爱的“绣眼”鸟的叫声，对他来说这是人生最好的享受了。他虽然没有“梅妻鹤子”的诗意，却有着自己的生活追求。街坊邻居都称他为“老好人”。他为人和善，做生意又老实本分，大家都亲切地称他“陈老伯”。

陈大的斗糕每块仅售3分、5分，而且斤量准足，价廉物美。我记得小时候我和牛角浜的一些小伙伴，有时结伴去玄妙观陈大斗糕摊点看热闹，听鸟叫声、买糕吃。陈大见我们这些街巷来的邻居小孩，就把斗糕馅心做得特别大。那块现吃斗糕捧在手中热气腾腾，沉甸甸的，香甜软糯，那情境直至今日还难以忘却。

我记得在二十世纪六十年代初，一个冬天，天阴沉沉的，陈大因病去世了。陈大是独居老人，无人知道他是啥时候过世的。只是那时陈大好几天没有出门了，好心邻居去看他才知道他已病故了。而那只"绣眼"鸟也因几天断食断水，随他去了。让人感到一种说不出的痛心。

陈大的后事由居委会操办。陈大走后多年，我有时走过玄妙观，不由自主地总去以前陈大摊点的位置看一眼。虽然人去楼空，但后面那棵挂鸟笼的树一直还在，那一刻我心中总感失落至极。忘不了那块香糯甜美的斗糕，还有那只"绣眼"鸟，它的鸣叫声，似乎还在空中回响。

这家的大厨肯下功夫，扁尖肉丝浇头用特制的锡罐烹饪，面条也循例采用小阔面。出品时，从锡罐中舀上一勺浇头，连着汤汁加入面条中，面香、肉香混合着扁尖特有的山林气息，原汁原味，鲜不可挡，食客总是络绎不绝。

扁尖肉丝面

在品种繁多的苏式汤面里，我独爱扁尖肉丝面。这碗面集中体现了苏式汤面的特点：汤鲜、面长、浇头醇美。一碗正宗的苏式汤面，我认为由这几部分组成：一是器，汤面要由一只敞口大碗来盛装；二是汤，汤宽而鲜香；三是面，面条要扎实筋道；四是要辅以各色特色浇头。这几点缺一不可。而扁尖肉丝面还有额外的一点诀窍，那就是浇头必须烫热宽汁，最后撒上些许蒜叶，真是色、香、味俱全，只一碗，便振奋人心。

扁尖肉丝面是苏式汤面中的传统品种，这碗面看似简单，但制作步骤繁复，尤其对食材的要求颇高——肉必选用猪后腿二刀的“坐腚肉”，切成粗细一致的肉丝，再选用浙江山地出品的上好新鲜扁尖；而面条则要采用一种小阔面，其宽度比细面略阔一些，比阔面再略细一些，同韭菜叶相仿，俗称苏式小宽面，受到许多老苏州人的钟爱。旧时苏州小阔面很流行，不管是扁尖肉丝面还是焖肉面、爆鱼面，都喜用此小阔面。小阔面与扁尖肉丝是真称得上般配了，因其内中肉丝、扁尖、面条三者阔度一致，相配相宜，故苏州的扁尖肉丝面必用小阔面，久而久之这项搭配也成了苏式汤面的“专利”。

扁尖肉丝面不仅原料精良，浇头的制作也很讲究。使用最嫩的扁尖，先用温开水浸泡，后用冷水浸泡，浸泡后的扁尖不用刀切，只用手撕成与肉丝长度相仿的小段。其中最为重要的，是要掌握好浸泡扁尖的时间，因扁尖都是用盐腌制烘烤干的，制作前需“拨”去部分咸味，但还需保留一丝淡淡的咸味，俗称“鲜头”。浸泡时间过短，“死咸连天”；时间过长，便鲜味尽失，不好吃了。其尺度把握尽在富有经验的烹调者手上。

扁尖肉丝面的浇头不是单份现炒的，而是大锅烹制的。先将肉丝在锅中煸炒透，加入调味料，再加入浸泡后的扁尖，添入略多些的高汤及清水，先烧后焐，成品肉丝酥烂鲜香，扁尖嫩滑鲜醇，两重鲜味融合，味道更上一层楼。待面出品时，在汤面上加上一勺扁尖肉丝浇头（连汤汁），鲜香的汤底混合热气腾腾的浇头及浓郁的汤汁，那滋味真要令食客“当心眉毛”了。

旧时苏州宫巷口有家名叫“小无锡”的店，其制作的扁尖肉丝面闻名遐迩，一直受到老苏州人的追捧。这家的大厨肯下功夫，扁尖肉丝浇头用特制的锡罐烹饪，面条也循例采用小阔面。出品时，从锡罐中舀上一勺浇头，连着汤汁加入面条中，面香、肉香混合着扁尖特有的山林气息，原汁原味，鲜不可挡，食客总是络绎不绝。我虽从未吃过此面，但总时不时地从一些老苏州的口中听到“小无锡”和店家制作的这碗面，我也就认定这碗面实为旧时苏式汤面中的佳品。在苏州，总有些吃食会随着时光的步伐远去，但那些惊艳众人的佳作，即使后人从未真正吃到，也是有口皆碑，在岁月的长河中生生不息。

二十世纪六十年代，我还在高中求学时，常路过一家面馆，那里总是顾客盈门。一天早上，我按捺不住好奇，赶到此店看了一个究竟。这家店地处苏州市中心，位于大井巷口与人民路拐角处，店名“叶鸿兴”，铺面不大，设施也较为简陋，仅有五六张桌子，配着几条长凳。这家店只做早市与中午，其特色面条便是扁尖肉丝面。老实说，在那个年代，能吃上这碗面也是够奢侈的。那日，我也吃了一碗扁尖肉丝面。在我的记忆里，这碗面集鲜、香于一体，那小阔面滑爽又有弹劲，扁尖肉丝鲜得出类拔萃，我连面汤都吃净了，从此便爱上了这碗扁尖肉丝面。

到了二十世纪八十年代，我常去吃扁尖肉丝面的地方，是观前街东首的新乐面店。那里保持着使用苏式小阔面的旧例，浇头也以扁尖肉丝为上乘。新乐面店占地不大，又地处观前，常常爆满。这家店不仅口味好，服务也很周到，面出品时会配姜丝、胡椒粉等在旁，那一小盅辣油尤受人欢迎。食客想要拌面、宽汤、重青……各种需求在这家店都能得到满足。不过，在随后几年的商业网点调整中，这家面店歇业了，此后我再也没有吃到过传统的扁尖肉丝面了。

当下，苏式汤面的制作技艺已被列为非遗保护项目，也曾由多部门联合组织评选“苏州十碗面”，以龙头老字号结合明星产品宣传促进发展。在各部门的努力下，各种大小面店如雨后春笋般涌现，面业逐步复苏到往昔般兴旺发达。苏式汤面已声名鹊起，外地食客也纷纷慕名来苏一品苏州的面条，一些有眼光的面业企业家已把面店开到上海、南京、杭州、北京……苏州的一碗面正走在蓬勃发展的路上。

苏式汤面行业中一些著名的品牌店供应的面如枫镇大肉面、三虾面、冻鸡面、卤鸭面等大受欢迎，售价水涨船高，一路飙升。因时而生的秃黄油面、五件子面、澳洲龙虾面等等也层出不穷，个别售价甚至高达几百元，而受大众欢迎的阳春面却没有供应。苏式面原本只是大众食品，其根基在街巷小厨中，在百姓口碑里，高价面条的出现，不由得让人担忧。笔者唯恐面业经营走向“贵族化”而忘了旧时的初心。不过，或许我的担心是多余的，面业“贵族化”到底是时代更迭的必然，还是昙花一现后再回归日常，市场自然会说话。

在苏州，鲳鱼吃法中最为人所津津乐道的，是做成苏式爆鱼样。把鲳鱼洗净、打片，在调味料中浸渍数小时，下油锅氽至成熟，回锅至卤汁中稍煮一会儿，成品装盆，鱼香扑鼻……

苏州人吃海鲜

说到吃海鲜，旧时苏州人一直处在可吃可不吃的状态中，因为在水产品里，苏州人放在首位的是湖鲜，其次是江鲜，最后才轮到海鲜。苏州地处太湖之滨，北依长江，东临大海，四季分明，气候温润，交通发达，区域优势突出，物产丰饶，长年湖鲜不断，各色鱼菜花样繁多，许多鱼馔有典故，有来历，形成江南特有的“鱼文化”。江鲜又四季交替，常做补充，海鲜倒是有啥吃啥，正是靠山吃山，靠水吃水。生活在苏州的人也真有福气，湖、江、海三鲜鱼品一年四季随时都能吃到、吃全。

旧时苏州人吃海鲜多吃带鱼、黄鱼、鲳鱼三种鱼，有时还吃些乌贼、马鲛鱼、鳓鱼等，其他稀奇古怪的海产品是不碰不吃的。那时海鲜保鲜、运输条件都跟不上，海鱼一般起水即死，新鲜程度比之鲜活湖鲜、江鲜相差远了。苏州人舌尖又挑剔，海产品只能靠后了。苏州人在吃海产品上，可以吃出花样，但总排斥生吃怪异的海产品。在口味上追求清淡、鲜香、原汁原味，在菜肴品质上力求精细、风雅、时令、养生，总怀着对食材的敬重，是崇尚自然的吃法。

苏州为江南著名的鱼米之乡，人们常说“吴人善治鱼，吴人善食鱼”，苏州的菜谱里记录着上百种淡水鱼类及其他水产类的菜肴。就拿海产品来说，苏州人多食黄鱼、带鱼、鲳鱼，俗称“海三品”。苏州人对这三种鱼另有自己的称呼，黄鱼称为“石首鱼”，带鱼称为“裙带鱼”，鲳鱼称为“叉片鱼”。不知何故，这三种鱼在旧时，菜馆饭店中仅大黄鱼能上餐桌，而带鱼、鲳鱼在家庭餐桌上出现得多。但在一些小饭店、包饭作坊里常有小黄鱼、带鱼、鲳鱼供应，而且价格低廉。

被称为“石首鱼”的黄鱼在吴地也是较受欢迎的海鲜。黄鱼无小刺骨，肉质鲜美，因鱼头里有白色块状鱼骨，故称“石首鱼”。旧时在苏州品吃黄鱼也是一种时尚，谚曰：“楝子花开石首来，筒中被絮舞三台。”言典卖冬具来买黄鱼吃。古时海潮可直达姑苏城下，有道是“潮来石首满吴中”，苏州人嗜黄鱼之风一度盛行。

苏州常见的黄鱼菜肴品种有红烧黄鱼、汤黄鱼、醋熘黄鱼、煎黄鱼、黄鱼羹等。有一道剥皮黄鱼为老祖宗传下来的古菜，顾禄所著的《桐桥倚棹录》中亦有记载。此菜把鲜黄鱼治净，去首去皮，将鱼肉劈成月牙状，调味后，入油锅烧熟，与调好的玫瑰腐乳汁等搅匀制作成品。此菜色泽艳红，外脆里嫩，鱼香花香，回味鲜甜，一直是食客首选。旧时苏州的老法菜馆制作黄鱼菜肴有多种要求，如汤黄鱼一般是不放雪菜的，认为用了咸菜档次就低了，入汤之物只用笋片、冬菇片、熟火腿片等，上桌前还得撒些胡椒粉。

旧时苏州松鹤楼、义昌福、新聚丰等菜馆在黄鱼汛里，都有汤黄鱼、干烧黄鱼、松鼠黄鱼等应市。苏州大厨对黄鱼宰杀有固定手法——去鱼鳞及背鳍，挖去鱼鳃，用竹筷子自鱼嘴中掏尽内脏，保持黄鱼的完整性，鱼大的在鱼身上浅割十字花刀等。家常菜中最常见的是红烧黄鱼：将黄鱼洗净，在锅中两面煎黄，加入料酒、酱油、糖等红烧而成。在苏州，烹制红烧黄鱼时必加一物——大蒜头，似乎大蒜头与黄鱼是标配。在苏州，逢五月五端午节时，几乎家家户户争烧黄鱼，那时节的黄鱼也成了应景之物。黄鱼用盐腌制后晒成鱼干，另有一种风味，与鲜猪肉同烧又成一道家常名菜。腌制风干后的黄鱼在苏州被称为“白鲞”，也称“黄鱼干”。另一款苏州人夏季最爱吃的虾子鲞鱼，采用海中鲜鳓鱼腌制晒干，与鲜虾子烹制成一道吴中名肴，鲜美至极。

带鱼在苏州人口中被称作“裙带鱼”。有称此鱼在海中被钓起时，后面一条鱼会咬着前面一条鱼的尾巴，钓起一条能收获数条，故有如此称呼。也有说此鱼外形像带条一样长，银光闪烁，煞是好看，因此得此称呼。

带鱼肉质鲜嫩，是寻常百姓餐桌上的常客。有人还认为带鱼不是海鱼呢！其实带鱼常年生活在海洋里，成群结队。苏州人常吃带鱼，一直认定浙江舟山等地区的东海带鱼为上品，称为“油带鱼”“小眼睛带鱼”。这种鱼冬季最为肥美，细皮嫩肉，油脂爆满，苏州人常用来红烧。过去有一时段人们生活拮据，经济困难，少衣缺食，国家对粮食、肉、鱼等按票供应，有时买到两斤带鱼真是欢天喜地。多数时候把带鱼洗净，切段红烧，还得多放些汤水。冬季过夜后，汤汁结冻，带鱼尤其好吃。

带鱼除红烧、干煎、清蒸外还有多种烹饪方法。沪上人家对吃带鱼也情有独钟，吃法多样，其中最常见的是糖醋带鱼，风味独特。上海（出版）公司在1957年出版带鱼菜谱，记录沪上、苏浙地区六十四种带鱼烹制方法，堪称吃带鱼的典范。在饮食的江湖道上，人们还一直争论着带鱼外表的银色鱼鳞要不要刮掉。有人指出带鱼表皮无鱼鳞，是一层膜，称为“银脂”，营养价值颇高。一些浙江地区的人们吃带鱼不刮鱼鳞，尤其新鲜带鱼，用清蒸方法保持带鱼那一层银脂，味道鲜美。而苏州人吃带鱼必刮鱼鳞，恐带鱼外表不洁，氧化变质，腥味过重，影响口感。各地有各地的吃法，也无须统一，适口者为珍。在吴地，另有用大量盐腌制成咸带鱼的带鱼做法，口味“死咸连天”，但尤其受广大农民喜爱。农耕大忙季节，农民忙于农活，用这种咸带鱼切段炖在饭镬上，饭烧好菜亦好了。带鱼咸味过重，但下饭，农忙人出汗过多，此种过重的咸味补充了身体中缺失的盐分。

苏州人吃的海鱼中，鲳鱼一直是绕不开的品种。苏州人称鲳鱼为“叉片鱼”，此鱼头小体大，呈扁形，体内仅一根大骨，无细刺，很受大众欢迎。鲳鱼中有金鲳、灰鲳、乌鲳、白鲳等，因其鱼鳞色泽不同，各有称呼。苏州人吃鲳鱼尤爱白鲳。白鲳又称银鲳，肉细味美，红烧、清蒸均有佳味。在苏州，鲳鱼吃法中最为人所津津乐道的，是做成苏式爆鱼样。把鲳鱼洗净、打片，在调味料中浸渍数小时，下油锅氽至成熟，回锅至卤汁中稍煮一会儿，成品装盆，鱼香扑鼻，微咸、微甜，鲜味十足，冷食热吃都可，风味一流。

在一般苏州人家中，鲳鱼多是以红烧为主，口味随意，咸鲜、微辣均可。鲳鱼讨人欢喜之处除肉质鲜嫩又无小刺外，还有身体扁平、鱼肉易熟等特点。在旧时一些饭店、酒家，有一种熏鲳鱼出售：鲳鱼打片，调味后以木屑、茶叶、红糖等为料，烟熏至熟。此种鲳鱼真乃一家吃隔户闻香，而且价廉物美。清蒸鲳鱼在家常烧法中也受人们欢迎。鲳鱼清蒸，操作简单又能保持原汁原味。苏州人蒸鲳鱼讲究一次性投料，即在蒸鱼时把葱、姜、酒等调料一次放入，控制蒸制时间。鲳鱼蒸熟后趁热吃，肉肥味香，入口丝滑，香入心田。

现阶段海中黄鱼、带鱼、鲳鱼已今非昔比了，也都成了“贵族”，在苏州许多宴会上常有出现，上得了台面。人们喜欢这些海鲜，又做得精细，大多分段、分片出售，如酿蒸黄鱼一小段，糟煎带鱼一小块，干烧鲳鱼一小片。老苏州人仍钟爱这海中“三件套”，时不时会寻味而去，有时也会把黄鱼、带鱼、鲳鱼这三样一起红烧，鲜鲜美美的滋味令人神往。

当下海产品已是十分丰富，品种多得让人难以置信。一些人也赶着潮头，认为吃海鲜高档、时尚。在苏州的餐馆饭店中，基围虾、石斑鱼、象鼻蚌、青蟹等各种海鲜屡见不鲜，有一些海鲜靠着“生吃”吸引食客，一些婚宴也用高档龙虾、东星斑等来“撑门面”。从国外进入市场的冷冻海鲜随处可见，更有鲜活海鲜空运到市场，三文鱼、鳕鱼、澳洲龙虾、阿拉斯加帝王蟹等，成了苏州宴会中的新宠。市场大了，品种丰富了，人们生活水平得到提高，一些海鲜馆也应运而生，有一时段似乎在苏州吃海鲜也掀起了热潮。但也有许多不尽人意的地方：人们对自然界索取过多，海洋污染加重，许多原生态食材正在减少，甚至绝迹。旧时苏州人最爱吃带鱼、黄鱼、鲳鱼，尽是原生态的、野生的，现在只能靠人工养殖来满足市场了。时下难得有一条野生黄鱼，有了，则要卖到万元以上，成了奢侈品，资源有限，行情还在涨。大量靠饲养生长起来的各种海鲜，外形依旧，但肉质变化较大。大多靠人工养殖的鱼类肉质粗糙，鲜度尤低，只能靠调料增加味道了。

对苏州人来说，可根据经济情况选择食用湖鲜、江鲜、海鲜，但切莫舍近求远，一味去追求新潮。生活还待精打细算，不管时代潮流和社会风尚怎样，在吃食道路上得走好自己的路。

时髦吃食只是表面光彩，在生活中真正的享受是淡泊带来的快乐。

首先登场的主菜是他家的『看家菜』——鸽蛋老鹅汤。说是汤，实为菜。满满当当的鹅肉块，四周排列洁白鸽蛋，端上桌时那砂锅里的鹅汤仍在上下翻滚，顿时满屋鹅香四溢。

喜子鹅宴

张喜是一名出色的厨师，熟悉他的人都叫他“喜子”。他肤色白皙、眼神灵动、身段细长，粗看上一眼，倒像是一位旧时的“读书相公”。

十八岁那年，他从烹饪学校毕业后进入饮食业，辗转于私人会所、酒家、宾馆，成为职业厨师。他不求名、不求利，但求技艺提升，使着性子钻研烹饪业务，空余时间勤读菜谱，又喜丹青，才艺出众。多年前他辞去工作，与妻子在苏城石路上开了一家“鹅汤馆”，生意红火，过着传统“夫妻老婆店”的生活。喜子善做鹅菜，又勤于钻研技艺，一门心思躲在厨房烧菜，整日想着法儿变换菜品。他加工那鹅，如同“庖丁解牛”，分割各个部位，鹅头、脖颈、鹅翅、鹅掌、鹅肉及内脏等都能做成精品菜肴。为了避免菜品口味雷同，他使用多种调料及不同火候烹制，使这些鹅菜达到了“一菜一品，一碗一性”的格局。宾客纷至沓来，应运而生的鹅宴也因风味独特、制作精良，名声不胫而走，成为老饕追逐的目标。

就在石路“鹅汤馆”生意如日中天的时候，夫妻俩转身出让此店，搬至山塘一隅开了一家“陈小鹅”馄饨店。那是一家小店，一个小院落仅可坐下十来个人。可那儿出品的鹅汤馄饨、状元汤团等小吃深受当地居民、游客喜爱，“陈小鹅”成了山塘街一家著名的“网红”店，引领着山塘街小吃的风向，也为苏州的小吃添彩。

熟悉喜子的人都知他为人诚恳，做事认真，诚信经营。他的店不论开到哪儿，总有一批食客寻味而来。他的手艺召唤着人，他的鹅菜、鹅点迷倒一批人。喜子为了“鼎火之艺”，不愿多做生意，总让自己静心做菜，不求量，只求质，因而他的“鹅宴”每天只做一桌。菜品全看当天采购到的新鲜原材料而定，那些鲜鹅也是特供品种。

苏州本是水乡泽国，“太湖鹅”为最优良品种，有着悠久的饲养历史。吴地饮食史上的炙鹅、云林鹅、胭脂鹅，传统的熝鹅、糟鹅，家常的盐水鹅、红烧鹅、鹅血汤都已成经典。喜子的“鹅宴”在继承传统的菜肴上又有自己的创新。今日我被邀去品吃的“鹅宴”是一位老友一星期前预定的，我们在他家店的二楼聚吃，狭小房间仅放一只小圆台，七八个人坐下来已是满满一房间人了。

“鹅宴”前菜为六只冷菜。最先进入我眼帘的是一盆熝鹅，盆旁边用白萝卜雕着一只白鹅，那橘红鹅嘴用胡萝卜配制而成，那白鹅未精雕细磨，却有着“振翅欲飞”的神韵，看得出制作者具有一定的艺术功底。而那盆熝鹅香味撩人，口味平和鲜洁。另一盆虾子熏青鱼，虾子和鱼肉红白相间，吃上一块，鲜味直达心头。家常炒酱、鹅油拌水芹，清淡鲜香的味道，呈现出苏州人偏爱的口感。

首先登场的主菜是他家的“看家菜”——鸽蛋老鹅汤。说是汤，实为菜。满满当当的鹅肉块，四周排列洁白鸽蛋，端上桌时那砂锅里的鹅汤仍在上下翻滚，顿时满屋鹅香四溢。此老鹅汤熬制四五个小时，汤鲜、肉嫩、蛋腴，老老实实的做法，打动在座每一个吃客。接着上桌的是两道蒸菜。喜子原籍常熟，家乡美味一直伴随着他成长，也催促着他的手艺提升。菜中的蛋饺、腊肉、爆鱼由他亲手制作，排列整齐，汤清物美，蒸出了一番鲜美的新天地。那碗青鱼汆糟吸引着食客的目光，垫底的是去根黄豆芽，豆芽清香与鱼块糟香相扶，鲜香跃动。我吃上一口，真感回味悠久，滋味隽永。鹅宴的压轴大菜为一大碗鹅汤馄饨，这也是此店的当家菜。虽说是馄饨，却似汤、似菜、似点，那大碗盆中，鹅汤上面漂着金黄鹅油，汤里面有鹅肉块、扁尖丝、鹅血等，加上荠菜馄饨，满满一大碗。那馄饨皮子洁白，透着绿油油馅心。馅心里除荠菜外，还加入猪肉、鹅肉，三者混为一体，光鲜油亮，色泽诱人，真有大美不言的感觉。最后喜子还送上一盆两面黄，又加上虾丝浇头，大家吃得称心满意。

喜子烹制的这桌“鹅宴”，没有用任何高档食材，道数也不多，看似平常，但他是用心来做的。他怀着一颗平常心，安然于山塘小巷，在岁月里守望着那些平常的苏州美食，过着自己欢喜的厨师生活。他有现在，还会有将来。

临出门时我与喜子约定，下次我再来山塘吃一碗白粥、一碟咸菜，再啃一只爊味的鹅掌……

苏州菜馆饭店中的冷菜一看色泽，二吃口味，三重刀功装盒。从色泽上来讲，冷菜不论荤素均要求突出『本色』，和谐悦目、光彩照人；口味则要求多种多样，酸、甜、鲜、辣调节妥当，以能吊起人的食欲为准；而冷菜对刀法要求颇高，要根据丝、片、柳、块等不同情况运用不同的技巧，装盒则要高耸挺拔、吸人眼球。

旧时菜馆饭店里的冷菜

冷菜在菜馆饭店中被称为“冷碟、冷盆”，在街坊中又被称为“卤菜”，而在酒馆里就被直接叫作“下酒菜”了。

旧时苏州的饮食业中，菜馆、饭店在经营上是有俗成分工的。能称为菜馆的，一般都能承接各种宴席；而饭店大多是堂吃、点吃，多则做一些“和菜”。但不管是菜馆还是饭店，对冷菜的制作都是极为重视的，因为冷菜总是第一个与顾客见面的，是一个店中菜品的“出面包”。这些冷菜可以是单盆，也可以双拼、三拼，甚至以五味盆、船盒等不同的形式出现。

单盆多为荤食，如酱鸭、熏鱼、白鸡、肴肉等；双拼则常以一荤一素相搭配；三拼则是以酱鸭、白鸡类的荤菜为中间的刀面，两端放些素料或一素搭配一小荤料（如中间刀面为卤鸭，一端为肚丝，另一端为拌双笋），色彩相配，厚薄均匀；五味盆由五种口味的食料组成，有荤有素，刀面错落匀称，一般切成梅花形；船盒则是一种腰圆形大盒，盒中一般有六种荤料，刀面两端及四周堆满荤素冷菜共十六种，错落匀称，色彩缤纷，形如船只，也有另一种小船盒尺寸较小一点，主料、辅料约十二种。船盒一般在宴席中用得多，有时吃和菜，头道菜即用此冷菜形式。而在菜馆的婚宴上用的冷盆一般为“四六四席”，均以四只三拼冷盆形式，呈现十二样荤素不同口味的冷菜。另一种“小四六四”冷盆为四双拼，亦有四荤四素八样以单盆组合形式呈现的冷菜。

行业前辈师傅曾说道：“冷菜、冷盆这种吃法以前就有的，但在清末民初时期才步入了一个高潮期。”此前，在菜馆饭店中吃“菜司”，宴席都以羹菜类打头阵，宴席亦以此头菜命名。这些“头菜”往往都是菜馆的招牌菜，如头菜用以海参为主料的羹菜，宴席就称“海参席”，用鱼翅为头菜的即为“鱼翅席”。

有些老店还会在店门口的柜台上供应些价格低廉的盆菜，如熏鱼头、鸡脚、鸭头、鱼子、小虾松、油氽小鱼等。虽然价格低廉但风味不减，都是佐酒佳品。旧时的菜馆饭店中所有的冷菜都必须自行加工烹制，一些传统菜馆连香肠、香肚、皮蛋、火腿都不许用现成的，所有食材均要自己动手加工，对食品质量的把控严慎可见一斑。

说来也奇怪，旧时的传统菜馆饭店对外出售冷菜、冷盆，但却从不卖酒，酒都要顾客自带。但店中烫酒、酒器等各类酒具一应俱全，服务配套不减。顾客要到酒馆、酱园店等有字号的店中去买酒，这是业间约定俗成的默契。而苏州旧时元大昌、王济美、同泰源等老字号酒家，不仅各类白酒、绍酒齐全，有的还自产自销。店内往往也有几只方台，供酒客饮吃，但供应的下酒冷菜均为自制的简单小食，如豆腐干、花生、小鱼等“搭酒菜”，鸡、鸭、鹅这些大件是不会卖的。偶尔也有提篮叫卖者进入店内，卖的也是一些酱螺蛳、熏田鸡等小菜。这些俗成规矩是在社会长期发展中自然形成的，就像在苏州茶馆行业中不允许卖热水，水灶行业、老虎灶是不允许卖茶吃的，如要打破这些规定，得由对方行业协会同意，否则会惹上官司。

苏州菜馆饭店中冷菜选料都十分严谨，制作精良。各家店均有拿得出手的冷菜。旧时松鹤楼的卤鸭、德元馆的汁骨、义昌福的脆鳝、新聚丰的醉鸡、老正兴的熏鱼、味雅的肴肉、功德林的素火腿、大春楼的冻鸡等都是冷菜中的佼佼者。苏州菜馆饭店中的冷菜一看色泽，二吃口味，三重刀功装盒。从色泽上来讲，冷菜不论荤素均要求突出“本色”，和谐悦目、光彩照人；口味则要求多种多样，酸、甜、鲜、辣调节妥当，以能吊起人的食欲为准；而冷菜对刀法要求颇高，要根据丝、片、柳、块等不同情况运用不同的技巧，装盒则要高耸挺拔、吸人眼球。

菜馆饭店中有类冷盆称作艺术冷盆，是把各类冷食制作成图案形式，又配各种果蔬雕刻，这是冷菜中的极品，如蝴蝶冷盆、大鹏展翅、金鸡报晓、凤穿牡丹、庆丰冷盆、飞燕迎春等。这些冷盆制作工艺高，如同艺术品一般，往往用在高级宴请及大型招待中，只有刀法精湛的烹饪大师才能制作出这些冷盆杰作。

苏州冷菜还蕴藏着许多不同菜系的口味，如腊味、爊味、醉味、卤味等，根据不同的原材料因材施艺，达到品质和口味的最佳融合。旧时苏州菜馆饭店中常见的冷菜名品有卤鸭、醉鸡、熏鱼、油爆虾、肴肉、白切肉、酱蹄、烩鳝、爊鹅、油鸡、糟鲥鱼、白鱼松、炝虾、马蛋、胭脂鸭、卷松鲞、出骨虾、卤鸡、蜜蟹、酥鱼等。常用的素食名品有拌马兰头、拌双笋、葱油萝卜丝、辣白菜、香干金钩、酒菜、藕片、素黄雀、雪菜蘑菇、香椿拌豆腐、炝黄瓜等。还会随着季节变化，推出各式时令冷菜，有时还有一些地产蜜饯等进入冷菜系列中来，经大厨出神入化的烹饪后成为经典。

哪个时代都不缺钟爱美食、热爱生活的人。在昔日苏州的食客中，总有一批老客人会在太阳西下时放慢脚步，来到酒家打上一些酒，在门口点上一盒鸡头、鸭脚、鱼头、香干等盆菜，自斟自酌，可谓“一杯在手，万虑都消”。老苏州人爱喝黄酒，这些酒有本地产的，也有浙江绍兴产的加饭、花雕等。这种喝法当时被称为喝“落山黄”。有词写道：“携取杖领钱数串，晚来风味落山黄。”

这些人每日喝的黄酒量通常称为“免四”。过去一斤为十六两制，“免去四两”即为十二两，酒店内打酒用容器（端子）舀三下便是十二两。换了新的刻度计量法，十两为一斤后，“免四”即在八两左右。实行新的十两制后，“免四”的说法也就没有人用了。酒量也随人走，多少任凭各人肚量。可不要小看这批吃“落山黄”的人，他们中有的或许是状元的后代，有的是穷苦的经学大师，有的虽家道败落，家中却还有着后花园，也有落魄官家子弟。这些人聚在一起吃着喝着，自寻乐趣。这些人不追求小菜多高贵，他们追求的是“宜己”的生活方式。他们虽然有时钱短，但从不志短，个个有铮骨诗才。或许次日清晨，在面馆里还能找到其中一些人吃“头汤面”的身影。

菜馆饭店门口供应的盆菜，大部分是由店中“下脚料”做成的，因而价格低廉，有的也就半卖半送了。店中掌柜也有自己的盘算，他相中的是这批吃客能“聚人气”。偶尔店老板会主动送出一些诸如爊鸡卤鸡的鸡头、卤鸭的鸭屁股、黄焖鳗的鱼头等，这批人吃后便会在闲聊时“阔谈”这些时令美味，无形中给店家打了广告，可见老板经营有道。所以对待这批老熟客，即便他们长时间占着座位，从他们身上也赚不到什么钱财，店家却照样欢迎。这批人爱在哪家菜馆饭店里聚吃，跟这家店老板的待客之道分不开。对受欢迎的店，他们风雨无阻，天天报到。

除了店里堂吃的冷盆、门口售卖的盆菜，菜馆饭店中的另一种“堂菜”一般是店里俗称堂口里“堂头”（服务员领班）的那个人，利用一些边角料自制成下酒菜，如菜头、酱萝卜、卤花生、发芽豆等，免费供应给顾客吃。这些食材经过加工调味都成了可口的下酒菜。食客落座点好菜肴后，店家随即送上这些小碟“堂菜”，供客人边吃边等。客人的心情会放松下来，随后正餐也会吃得更顺畅，但末了总得付些“小费”意思下，这是常有的事了。

旧时苏州菜馆饭店的服务处处都是为食客着想的：客人进店后有热毛巾擦脸，落座后有茶水奉上，酒壶、酒盅、碗筷勺碟一应俱全送到面前，想吃什么菜品点名就是，大厨就会按要求“私人订制”。呈白鸡、白肚、白切肉等会跟上虾子酱油，呈卤鸭会浇上透明殷红的卤汁，酱鸭、油鸡、熏鱼等上桌前都会用必备布条“小拖帚”在麻油中浸渍后刷在盆面上。冷菜因此光彩照人、香气四溢。

那时的菜品永远是跟客人的要求走，也不会乱收各种费用，真正做到让客人满怀期待而来，心满意足而归。怀念！旧时周到体贴的菜馆饭店。难忘！那些独具特色的各式冷菜。

紧接着，我夹起一片鱼肉，大快朵颐，吃得满口鲜香。鱼肉无刺，肉质细嫩紧实，鲜美至极，这种鲜味很难用语言来表达。本来长江三鲜中河豚鱼鲜味为首品，红烧成品后河豚鱼在酱汁、草头等多种元素催化下精妙非凡，这种鲜得益于自然造化之功。

初会河豚鱼

说到河豚鱼，忘不了宋代苏轼的诗句“蒌蒿满地芦芽短，正是河豚欲上时”，更忘不了在民间流传的那句“拼死吃河豚”的俗语。真要去吃河豚鱼，总感汗毛林立。

记得我第一次吃河豚鱼是在1984年立春后的第三日。那时我在苏州市饮食服务总公司（后文简称饮服公司）任总经理，管理着餐饮行业上百号的饭店、酒家等饮食店。我知道河豚鱼一直是被禁食的鱼类，因为河豚鱼有毒，每年常见报刊登载有人因误食河豚鱼而死亡的消息。

那天叫我去吃河豚鱼的人是我的顶头上司——商业局许局长，那时他刚从地区商业局转到市商业局工作不久。许局长打来电话，说：“过几天与你一起吃河豚鱼。”当时我一愣，停顿一会儿没接话。电话那头的许局长似乎也感受到了我的迟疑，说道：“放心吧，我带你去的地方绝对安全，我已经吃过几回了。你管理着全市饮食饭店，连江南名菜河豚鱼啥滋味都没有尝过，说不过去呀！”我想想也对，常听人说河豚鱼鲜美，不知其味，枉为食客，又想有领导同行，就不必顾虑了。

那一天我如约而至，乘着局长的小汽车，一路向北朝张家港方向去了。一路上，许局长告诉我那里吃河豚鱼的一些规矩。我们要去吃河豚鱼的地方不在酒家、饭店而在农家。村里农家吃河豚鱼，一桌人的筷子一大把，放在桌面上，要自己去拿的。吃时不讲“请”字的，更不许把鱼夹来夹去给别人，只管自己吃便是了。吃河豚鱼前各人要从口袋里掏出一块钱放在桌面上。所有这些动作要求都指向吃河豚鱼是个人自愿出钱要吃的，与提供者无关联。

许局长还对我讲：“这次我们去吃河豚鱼的地方，在张家港锦丰镇沿江一家农户。他们请村里专门烧河豚鱼的‘土厨师’来烧。他有丰富的实践经验，技法得当，口味一流。他家的河豚鱼烧制完后，先给家中一条大黄狗吃，然后烧菜师傅吃，再让那家农户主人吃，有三道防线呢！吃后都没有问题，再让我们客人吃，所以是确保无事了。”我听完安心许多。

二十世纪八十年代初期，交通远没有现在这样畅通。跑了近四个小时，时近中午十二点了，汽车从一条土路开了进去。说来也奇，路虽窄，小汽车却能一直开到那家农户大门场上。我们下车后，一位老农迎上前来，手握许局长的手说：“许组长，欢迎你呀！”事后我才知道，许局长在农村搞“四清”工作，就是蹲点在这一个村，还是工作组组长呢。那位老农便是这个村的村主任。老友相会格外亲切，双方把出席人员做了介绍。他们俩寒暄了一会儿，村主任说道：“今天中午吃河豚鱼，就在我家，大家放心吃。”但又说：“以防万一，按风俗习惯，我在门口放一桶‘回魂水’（清水粪），真正吃得不适可出来喝这‘回魂水’，当场呕吐。土办法，效果奇佳。”我看了一眼那桶“回魂水”：绿汪汪满满一桶，仅仅是看着就觉得恶心。村主任他还打趣道：“我家门口有三条路。向右一条路有医院，可送医院抢救；向左一条路直通火化场！对直朝南一条路可安全回家……”他说话时，他家那条大黄狗不时在他的脚边游走。村主任说完这些话哈哈大笑，对着我们说：“放心吧，这顿河豚鱼我家大黄狗已吃过，给你们烧菜的高师傅已经吃了，刚才我也吃了，你们放心便是了。”开吃前，我问有没有鲜活河豚鱼看看，高师傅从后厨拿出一条鲜活河豚鱼放在手掌上。那条鱼眼小，身微绿带黄，还有几处黑斑，一尺不到。不一会儿那鱼腹部渐渐变大，如同泡泡一般，黄白色鱼肚倒刺清晰可见。高师傅打趣道：“见了生人它发脾气了。”

我想起古书《海错图》中称河豚鱼为气泡鱼，今见了果然如此。过了一会儿，我们被招呼进农户客堂间，一张圆桌几条长凳，桌上面放好了整整三脸盆烧好的河豚鱼。按规矩，筷子自己拿，每人还放上一块钱。我坐在许局长旁边。那三脸盆河豚鱼都是红烧的，热气腾腾，打底都衬着碧绿的草头（金花菜），满屋充斥着鱼的香气及金花菜特有的气息，那真是春时江海田野的馈赠。见此菜品，想起宋代诗人梅尧臣赋河豚鱼之句：“皆言美无度，谁谓死如麻……”

我小心翼翼地先吃了一小筷金花菜，鱼肉还不敢吃，邻座许局长已食指大动了。那草头浸渍在鱼汤汁中，鲜味十足，又有金花菜自有的鲜香，吃上几口一下打开了食欲。紧接着，我夹起一片鱼肉，大快朵颐，吃得满口鲜香。鱼肉无刺，肉质细嫩紧实，鲜美至极，这种鲜味很难用语言来表达。本来长江三鲜中河豚鱼鲜味为首品，红烧成品后河豚鱼在酱汁、草头等多种元素催化下精妙非凡，这种鲜得益于自然造化之功。我吃了一片鱼肉，又连着再吃一条，真有欲罢不能的感觉，那时真忘了河豚鱼有毒之说了，难怪总有人要“拼死吃河豚”。

我们吃完了河豚鱼，又品了些酒菜，随后烧菜的高师傅走到我们跟前招呼我们多吃点。高师傅是本乡民间大厨，头发渐白，一双小眼睛配着微胖脸盘，身材不高，“圆咕隆咚”模样，村里人说他本身就像一条河豚鱼。烧制河豚鱼是他的拿手绝活，在春季，几乎每天都有人找他去烧烹河豚鱼。他也说起自己有多次中毒的经验，有一次先尝吃河豚鱼时，感觉嘴唇舌尖发麻，就到门口喝“回魂水”，当即呕吐出来，因为尝得少，故一会儿就自救回来了，那烧好的河豚鱼只能处理不食。他对河豚鱼斩杀、剥皮、放血等的处理都一丝不苟。鱼皮、内脏、鱼头都被处理干净，不得食用，还要销毁。烧制时自有一套章法，步骤缺一不可，故而在他的乡村，他烧制河豚鱼名声大振。这顿河豚鱼，我们吃得酒足饭饱。散席后，村主任拉着我的手说：“吃河豚鱼有念头的，明年你还会想到此地来吃河豚鱼。”我们上车，开车回苏，回头看到村主任还在门口挥手告别，那条大黄狗似乎有灵性，不时地挥动尾巴，那一幕景象我一直难忘呀！

随后多年，我吃过无数次河豚鱼，不管怎样吃，仍忘不了初会河豚鱼那时的感觉、口味及农家那可亲的吃鱼场面，还有那条大黄狗。当下吃的河豚鱼也从过去的野生鱼转变为养殖（控毒）鱼了，尽管河豚鱼鱼皮、肝、肉，甚至鱼子都能吃了，人工饲养的鱼毒素减少了，鲜味也减少了些，但也不必计较这些：河豚鱼毕竟是江南春时美肴。在我看来，河豚鱼美味，其一美于雄鱼之血白；其二美于鱼皮，其软糯超过鳖裙；其三美于鱼肝，被誉为"赛龙肝"；其四才是鱼肉，鲜嫩无比！河豚鱼的烹饪法也从过去单一的红烧演变为白煮、铁板、汤羹，甚至可做成刺身生食了，给食客的选择更多了。

现在，即便河豚鱼都已人工饲养（控毒）了，但只有部分河豚鱼的养殖加工得到解禁。无论如何，吃河豚鱼还须小心！

石衣腊夫

陈锡荣先生是苏州百年糕团老店黄天源的掌门人，因着老字号黄天源的鼎鼎大名，更多的人爱顺口称他声『黄老板』，他也笑着应声。

糕团人生陈锡荣

陈锡荣先生是苏州百年糕团老店黄天源的掌门人，因着老字号黄天源的鼎鼎大名，更多的人爱顺口称他声“黄老板”，他也笑着应声。庄子曾说：“至人无己，神人无功，圣人无名。”在我看来，他的人生早已与黄天源融为一体，这声“黄老板”正是对他事业建树的至高肯定。

我与陈锡荣先生是多年的同事，又是挚友，在漫长的人生道路上，我们是并肩同行者。二十世纪七十年代初，我们先后参加了工作。锡荣兄从部队复员，在饮服公司工作，而我从农村插队返城，被安排在饮服公司下属的松鹤楼菜馆学艺。多年后，我调到饮服公司，彼时锡荣兄担任公司保卫科科长，我俩就这样在一个公司共事多年。之后我又被调去商业局工作，他则选择下到基层，当了老店黄天源的主任。但不管我俩工作如何变动，实际仍在一个商业系统里。

我俩常常交流问候，彼此欣赏着对方的优点，成了一对在人生道路上守望相助的好兄弟。

此刻忆起锡荣兄与我讲述的他的童年故事：他刚出生时，家人受到当时农村封建迷信思想蒙骗，说他与生母相冲，将尚在襁褓中的他弃在了荒庙里。幸而生父不舍骨肉，又抱了回来，送给了一个远房陈姓亲戚照料。喜是天照应，从此他有了一个相对良好的生长环境，养父养母视他为掌上宝。但好景不长，他尚未长大成人，养父家人便病的病，走的走，只留下他与养母相依为命。年幼的他逐渐成长懂事，也更加知道人生不易。待到青年时期，他便决意报名从军，虽身为独生子，但他义无反顾、从军心坚。在部队的革命大熔炉里，他茁壮成长，高难度的军事训练锤炼出了他愈加坚毅的性格，他在多种实战演练项目训练中表现出色，被评为“五好战士”，并光荣入党。

铁打的营盘，流水的兵。服役生涯结束后，锡荣兄从部队复员，被分配到饮服公司工作。他从一名保卫科科员做起，后升任为保卫科科长。要知道，当时的饮服公司旗下行业多而分散，如旅馆、菜馆、照相、印刷、浴室、理发等诸多行业都是社会治安的特种行业，保卫任务繁重复杂。他在岗位上发扬军人不达目的决不罢休的精神，忘我“战斗”在治安保卫工作第一线，成为苏州治安工作的标兵。

伴随着治安管理工作的是高风险。一次，商业系统组织机干民兵实弹集训，他担任领队。在实弹投扔训练时，有名青年民兵不小心把拉响的手榴弹掉落在自己的脚边。说时迟那时快，陈锡荣见状飞奔过去一脚踢开了这个青年，奋不顾身地捡起已冒起白烟的手榴弹扔到掩体外，从而避免了一场重大伤亡事故的发生。在这样的生死瞬间，他没有时间多想，也丝毫没有犹豫，展现了军人临危不惧、冲锋在前的风范，发扬了共产党员大无畏的革命精神。

锡荣兄在公司保卫科的一系列工作都卓有成效，获得了领导班子的肯定。后来，他被安排到饮服公司业务科任科长，开始统领全市饮食服务业生产、经营等管理工作。彼时，百年老店黄天源的字号被一家外地企业抢注的突发事件惊动了苏州，一时舆论哗然。锡荣兄主动请缨着手解决这一棘手事件。他组织收集材料，翻阅了大量的史书，在充分调查研究的基础上积极向有关部门申诉。随后他又七上北京，辗转向工商总局提出异议申诉。在饮服公司与各方的共同努力下，工商总局最终判定黄天源的字号仍归属苏州老店。在这场老字号抢注与反抢注事件中，锡荣兄辛劳奔走，功不可没。从此，他就与黄天源结了缘，对这家老店上了心。

黄天源原隶属国有，生产经营一度十分困难，又逢店里老主任退休，正是“群龙无首，每况愈下”的时刻，陈锡荣便主动提出下到基层去，去黄天源。今天看来，他宁愿放弃公司科长干部的优厚待遇，下沉到基层商店去，虽事起有因，但其勇气与魄力也可见一斑。不过，站在历史的横轴上回头看，或许还是命中注定，这家店总得归属到他的手上。人世间的巧合与缘分真妙不可言，只能说有时人生抉择中的放弃，却是另一种拥有的开始。或许当时的锡荣兄也想不到，从此他竟走上了成为“糕团大王”的人生道路。

锡荣兄上任黄天源店主任后，坚持以身作则的工作作风，每天与职工一起劳动在生产一线，逐步在职工中树立起了威信。通过一段时间的观察，他了解到黄天源的发展弊端在“吃大锅饭”上。于是，在上级公司的指导下，他率先推行改革，取消过去分配上的平均主义，改用多劳多得的分配方案。改革很快取得了成效，员工的劳动效率得到了提高。后来，他又顺应社会形势，进一步改革国有旧制，实行经营承包责任制。有了自己的“责任田”，员工的生产积极性空前高涨。此外，他还利用报刊、电视、网络等媒体，提出“糕团大王”“中华独一家，名扬东南亚”等宣传口号，打造推广“百年老店黄天源”的金字招牌。随后黄天源的商品销量一路上涨，逐步走出了困境。

随着生产经营规模的扩大，陈锡荣意识到，黄天源未来的发展需要进一步加大改革力度。在多次协调并得到上级部门批准后，他对黄天源采用了资产股份制的模式，这给经营生产注入了新活力。在他的多措并举下，黄天源终于迎来了新生！他们的糕团产品声名鹊起，其糕团制作技艺被列入省级非遗保护项目，多款产品荣获中华名小吃金鼎奖等，商店也被商业部授予“中华老字号”称号，有些明星产品还走出了国门，获誉无数。黄天源为苏州饮服公司乃至整个商业界争得了诸多荣誉，成为改革发展的先锋典范。他也经组织推荐当上了市政协委员，还荣膺苏州市劳动模范。

毋庸置疑，锡荣兄在黄天源的工作取得了很大的成功，但我深知这些成功不是一蹴而就的，是他付出艰辛烦琐的劳动与坚持不懈的努力取得的。很难想象，在黄天源的困顿时刻，凌晨他便顶着满天星斗赶在上班路上；到了午后，他又踏着小车忙着去送货；入夜时分，热闹的观前街回归寂静，他还苦苦守候在店中等待着第二天要用的食材运来，做好上架商品的品质把控。锡荣兄就这样日复一日地守护着这家老店，他爱店如家，带领团队用诚信经营换取了消费者的信赖，用辛勤劳动擦亮了百年老店黄天源的金字招牌。

做生意难免有竞争，但他从不给同行添麻烦，遇事总是退让，泰然置之。他在生活上也没有任何嗜好，既不抽烟喝酒也不打牌，一门心思地考虑企业的发展，这在同行业中也是少见的。锡荣兄在平时生活工作中甚是低调，言语不多。但熟悉他的人都知他处事利落爽直，是做事在前而讲话在后的人。企业改制后，他成为真正的大老板。有时人家称他一声老板，他总摆手说："我就是做小糕团的，老板是'板牢'。"但他又处处以企业家的身份要求自己，积极回馈社会、关爱孤老。他会特意为社会福利院的老人送寿糕、寿团祝寿，又常抽出时间前去看望老人。

苏州是从农耕社会的基础上逐步发展起来的城市。苏州人对糕团总是充满着依恋，春时的青团、夏令的绿豆糕、秋月的重阳糕、冬至的团子、年节里的桂花糖年糕，糕团点心的甜蜜鲜糯抚慰着食者的心。那碗令人神往的炒肉面，那块翠白相间的咸葱猪油糕，还有那只变幻莫测的双酿团子、被誉为"团子皇后"的炒肉馅团子，总让人品着时新，还思着旧情。黄天源虽说只是一家糕团店铺，然而在百姓心目中，她是这座城市味道的专属标签，是多少代苏州人的情结所在！

人们常说："人生如梦，人生如戏。"这话一点都不错，人的一生难免遇到跌宕起伏、悲欢离合，锡荣兄用自身的坎坷经历告诉人们：

人生不易，生活难是常态。但他又用黄天源今日的辉煌说明了吃苦受累不怕，重要的是不能轻易认输，要坚信事在人为，人生的幸福都是靠努力奋斗得来的。

而今，百年老店黄天源正以全新的面貌展现在世人面前，在观前街的原址翻建成的三层大楼，成了游客“打卡”的新地标，也已庆祝过建店两百周年。老骥伏枥，志在千里。锡荣兄仍矢志不渝地守护着这家老店，未来的蓝图早已在他的心中刻画，他正带领着全体员工奔赴在新时代的筑梦路上。

逸飞先生对强大厨说：『我吃过许多红烧肉，只你烧的肉与众不同，特别香郁鲜糯，入口即化，实在是太好吃了。』

烹煎妙手强云飞

强云飞是一位资深中国烹饪大师，由于烹饪技艺超群，早在1986年，省政府便授予他“特三级红案厨师”的称号。他虽身怀烹饪绝技，但为人和善、不善言辞、从不张扬，一直以“老好人”的姿态出现在众人面前。

如今，强云飞已七十岁了，但他宝刀未老，仍驰骋在烹饪第一线。他主导操办的“一桌店”声誉卓著，是姑苏城一桌难求的私房菜名店，供应的仍是正宗地道的旧式苏帮菜。

早年间强云飞也是一位知青，初中毕业时就是学校“学霸”，成绩出类拔萃，喜读四书五经，尤爱阅读《红楼梦》等文学名著。返城后他被派往苏州烹饪技术培训班学艺，正式进入烹饪行业。他师从著名苏帮菜“祖师爷”张祖根，深得恩师宠爱，加之勤学苦练，技艺大进，此后愈发热爱厨师行业。有道是：“情不知所起，一往而深。”

从烹饪学校毕业后，别的学生都被派往各处工作，强云飞却选择留校从教。那几年他虽为人师，却愈发虚心好学。他十分敬仰身边老一辈的大厨，如刘学家、邵荣根、朱阿兴等，他们高超的烹饪技术、精益求精的精神以及对餐饮事业的敬业态度使得强云飞暗下决心，一定要学好这门手艺。

留校期间，他由于表现出色，被领导推荐到中国驻马达加斯加大使馆工作。在使馆工作期间，他充分运用所学到的苏帮菜烹饪技法，选用当地的食材，巧妙融合创新，总是把饭菜做得有滋有味，深受好评。那道清炒蟹粉，他大胆选用当地的蛴（蟹）为原材料，又运用苏州大闸蟹现拆蟹粉的手法，加入多味调料烹制而成，色香味美，使得这道菜肴成为使馆宴请的必用名菜。此外，他还制作一些著名苏式小点如烧卖、油酥、拉糕等，所以每次宴请总会赢得宾客的一致赞扬。使馆工作虽辛苦，不过得以走出国门，他拓宽了眼界，也学到了不少的新知识。两相得宜，强云飞在那里一干就是三年半。这三年半的时间他练就了一身的真本领，提升了从业荣誉感，也造就了良好的厨德、厨风。

回国后，强云飞又到苏州功德林素菜馆工作了一年。素菜馆的工作对他来说是陌生的，但又是相通的：他又从头开始认真学习寺院素菜的制作技能；同时，他结合以往的中餐烹饪技法，又融入在国外使馆中学到的西餐西点技艺，融会贯通，从而蜕变成为多项烹饪技术在身的“多面手”大厨。

“是金子总会发光的”，这句话用在强云飞身上可谓恰如其分。

1984年，苏州王四酒家开业，已是“多面手”的强云飞被任命为副经理兼厨师长，在这期间他把常熟名菜、名点，如叫花鸡、血糯八宝饭、爊焗油鸡、冰糖葫芦等引进店里来，又适时结合苏州传统名菜，时常创新菜品。这些菜肴制作精良、风味独特，深受消费者的喜爱，一时王四酒家名声大振、生意红火。

在烹饪事业的长途中，每一位有理想的厨师总是在不停奔跑，总想技术强于他人、先于他人，但不是每一位都能成功的，机会往往只青睐有准备的人。在同年举办的江苏省首届烹饪美食杯技艺锦标赛上，强云飞制作的“蟹黄扒翅”“金玉满堂”荣获最佳菜肴奖金奖，捍卫了苏帮菜的地位，为苏州争得了荣誉。强云飞也实现了理想，一举成为苏帮菜第二代领军人物。

一次经朋友介绍，他被中国著名油画大家陈逸飞聘为私人家厨。逸飞先生不仅艺术素养高，而且为人谦和，将强大厨视为朋友。强云飞也兢兢业业，精心制作出了许多深得逸飞先生喜欢的菜点。比如逸飞先生最中意的红烧肉，强大厨采用苏帮菜特别的烹调技术，将加工后切配好的方肉，一次加入多种调料，置于小砂锅中，再把砂锅放入铁锅内，加盖干烧五小时以上焖制而成，不可不谓用心。因而逸飞先生对强大厨说：“我吃过许多红烧肉，只你烧的肉与众不同，特别香郁鲜糯，入口即化，实在是太好吃了。”

多年以后，强云飞大师又奔赴南京中级法院苏州法官培训基地工作。强大师以他一贯认真的工作态度及他对烹饪事业的热爱，在那里又被评为“先进工作者”。随后，因基地迁回南京，强云飞大师调入苏州“吴地人家”当上厨艺总监。在那里，他凭借着扎实的烹调技术功底和些许文学功底，既当“演员”（烧菜），又当“导演”（指导），同时收集记录了许多戏曲中的唱词、曲牌名，开发恢复了苏州船宴，创制花宴、昆曲宴、红楼宴等雅宴，出品了许多文艺类的菜肴及宴席，一时在苏州引起了轰动。

强云飞大师退休后，并没有放弃自己心爱的烹饪工作，反而愈发“志在千里”，更加潜心钻研苏帮菜烹饪技术。他在生活中没有其他爱好，就连读书也是为了给烹饪寻求灵感。他视烹饪为命，视灶台厨房为家，一心一意扑在技法的革新上，深得朋友与同行的敬重。

如今，强云飞大师对主理自己的“一桌店”，热情似乎越来越高。他像劳动模范般年年如一日，对烹饪全身心投入，孜孜不倦地研究发扬苏帮菜。清晨骑着车到菜场采办鲜活的时令食材，回来则“细模细样”加工一整天，晚上亲自上灶烹制出令宾客“弹眼落睛”的佳肴，征服所有到他那里的食客。心爱的烹饪事业常常让他忘却时间，且越做越欢喜。他的所作所为绝没有半点功利性，只为内心的热爱与理想罢了。

用强云飞大师自己的话来说，平时生活工作时他只是“读点书，写点东西，做些菜”。他爱读《红楼梦》，已通读多遍，且每次通读都受益匪浅，总是能找到新的灵感。他研究思索，有时也会写点菜单，记录一些做菜的心得体会，不断激发自己的做菜潜能，想制作出心中最好的红楼宴。此番他制作的红楼宴，以金陵十二钗对应十二道菜，每道菜第一个词为烹调技法。如：林黛玉对“清炒凤尾虾玉”，王熙凤对应“烩香煎油蟹斗”，元春则为“扣蒸金玉满堂”，而薛宝钗便是“慢火烂鸡鱼翅”……这菜名对应人物实在是意到情到。有句话说得好："今菜不知古菜样，今人不知古人味。"他认为对于文学名著中的菜肴，不必拘泥于原文，不必刻板照搬、照套，须意用为上。经过不断磨炼、提升，这席红楼宴最终成品口味一流、格调高雅、实用性强。著名作家、美食家陆文夫曾说："到饭店吃饭就是吃厨师。"像强云飞这样一位技艺精湛又熟读《红楼梦》的高手，其制作的红楼宴分量自然不言而喻。

强云飞大师在烹制一桌特色苏帮菜宴时，总是遵循旧法，结合时令地产食材，又运用一些时下新技术，使菜品走向一个又一个的高峰。他常用的一款名为"全家福"的菜品，色彩鲜艳、汤鲜物美、刀功齐整，寓意吉祥，是从旧时苏帮菜中的"荷花什锦炖"演变而来的，现已成为到他那里必吃的一道当家菜。另有他拿手的蜜汁火腿，采用旧时常用的拨淡法，在笼上加水蒸制拨淡，蒸制要做到"五进五出"，一道程序都不能少。另一道食客必点菜肴炸猪排，他仍采用猪后腿上的一块老肉，劈薄后用刀板拍松，加入调料，必用咖喱粉，用实心馒头捣碎晒干成粉，拍粉油炸，成品用辣酱油蘸着吃，滋味很好，因而声名鹊起，食客越聚越多。

餐饮业中一些年轻的同行也会常去强大师那里，讨教苏帮菜的技法，强大师总是毫不保留地传授自己烧菜的做法及体会。一次，一位年轻的小厨师上门讨教黄焖鳗的做法，说道："前天晚上我家老板在您处吃了黄焖鳗，大加赞叹，说鱼肉洁白、紧致、鲜美，皮不破，鳗段咸鲜粉糯，回味又有丝丝甜味。能否向您讨教做法？"强大师便细细告知烧黄焖鳗的多道环节，听者频频点头。最后强大师又细心着重指出，鲜鳗割杀后洗净切段，应放入冰箱预冷格里两小时以上，这样出来的鳗鱼在烹烧时才不易破脱皮。小厨师这才恍然大悟。强云飞大师就是这样，对自己烧制菜肴的方法从不藏着掖着，而是包容开放，只要人家肯学，他总会耐心教。故而在他身边时不时地总会聚集一批厨师，听闻皆是在纵论厨艺，相互取经学习。

“烹煎妙手强云飞”是一位行业前辈送给他的雅号，强大师确是一位苏帮菜的烹饪高手、一位苏州烹饪界的传奇人物。他把烹饪看作自己一生的追求，爱如生命。虽然年已古稀，腰板不直，步履蹒跚，但他每天仍站在灶台前，与烟火为伴，与刀板为亲，不断运用他高超的烹饪技艺，奉献出一道道美味佳肴给食客享用。他说，这是他最大的快乐。

他深知食堂里的菜肴既
要有地方传统名菜，更
要有经济实惠的菜点，
供应的菜点不应受菜系
规范等条条框框的限制，
反而要任其发挥，达到
饭菜可口、雅俗共赏的
目的。

苏味使者蒋晓初

在当下，如果要在餐饮行业中推选一位苏帮菜形象大使的话，在我看来非蒋晓初不可了。蒋师傅是一位资深中国烹饪大师，又是苏帮菜十大宗师之一、国家级评委。蒋大师是地道的苏州人。他中等身材，体态不胖不瘦，肤色白皙，脸上常带着可爱的微笑，总显出苏州人特有的温文尔雅。在外人看来，他没有半点厨师的味道，倒像是唱戏的奶油小生。蒋师傅从事烹调工作多年，担任过工厂食堂、机关大圆食府的厨师长、司务长等职，又在多个培训部门和学校当过特聘教师，教授烹饪理论及实践操作课。退休后不久，因他那俊朗的外表、口齿伶俐的说表及对苏帮菜肴的深度了解，加之他又有实际操作经验，他被苏州电视台《乐活六点档》美食栏目相中，聘为该美食栏目的主持人，常年累月活跃在银屏上。

那档节目接地气，他参与评论社区街坊菜点，张弛有度，说表清楚。在电视节目里他常穿着背带裤、花格衬衫，从食材性能、烹饪技法、营养成分及苏州饮食文化等多方面侃侃而谈，深受百姓喜爱。蒋晓初被大家亲切地叫作“蒋大厨”，他的名声也走进了苏城千家万户，收获“蒋粉”无数。他主持的那档节目看似一档普通美食栏目，展示苏州家庭制作的私房菜点，却也展现出苏州对外开放包容的形象。那档节目，不分烹调水平高低，也不分菜品是属于哪个菜系，更不分做菜的人来自哪里，只是给百姓提供一个展示的平台，秀出你的菜点，叙述人生情怀和生活中的故事。因而参与者踊跃，节目已连续播放数十个年头，收视率不断攀升，从中也看出百姓对美好苏式生活的向往，这也是对苏州饮食文化的展示与宣传。

1975年初，蒋晓初是一名知青，根据政策从农场返回城市，参加工作，被分配到苏州红极一时的“四大名旦”之一的长城电扇厂。该厂销售业务量日渐提升，长城电扇在全省乃至全国已成知名品牌，还拓展了国外市场，工厂生产实力大增，但工厂后勤服务跟不上发展需要，因而招聘一些返城知青充实后勤部门。蒋晓初被分配到膳食部食堂工作。小伙子深知身负重任，工作刻苦，任劳任怨，他的过人之处是工作时特别细心认真。常说细节决定成败，后勤食堂工作更是如此。不久，经考察后，上级领导将蒋晓初作为重点培养人才，把他输送到当时的苏州菜馆（得月楼菜馆前身）进行苏帮菜烹饪技艺培训学习。在那里，蒋大厨拜苏州著名大师朱阿兴、邵荣根为师，刻苦学习烹饪技艺，无论是切配、炉灶，还是白案点心，蒋大厨都潜心学习研究，自己又细心观察这些老厨师在烹调制作经典名菜名点时的用料、手法和火候等重要环节的做法，举一反三，融会贯通，因此他的烹饪技艺得到了快速提升，夯实了其苏帮菜烹调技艺的基础。

回原单位不久，他就被任命为司务长，统管长城电扇厂食堂及行政接待。那一时段苏州经济腾飞，各类业务宴请、商务会客等活动应接不暇，长城电扇厂更是接待任务繁忙。蒋大厨带领厨师在做好食堂菜点供应外，每天都要安排做好业务上的宴请。由于他技艺高超、管理有方，食堂里供应的菜肴点心深受厂里工人师傅称赞。在商务宴请上，蒋大厨把在苏州菜馆学到的技艺发扬光大，使用一些传统名菜名点及时令佳品，受到厂领导和宾客的赞许与表彰，也形成了那时业内流传的一句话："要吃好菜好点，到长城电扇厂食堂去吃。"直到今日还有人怀念那时在长城电扇厂食堂里吃到的松鼠鳜鱼、清炒三虾、美味酱方、响油鳝糊、苏式汤包、枣泥拉糕等菜点，还有那些退休老工人，说起食堂菜点还个个竖起大拇指呢！蒋大厨在那食堂里灶前炉后工作了整整二十年，进厂时是一个毛头小伙子，出来时已是一个半老头子了。

随后几年，长城电扇厂因市场变化等多种原因，逐步退出市场，淡出人们视线。蒋大厨则又转战到市级机关大圆食府工作，那里是市级领导及机关工作人员近两千人吃饭的食堂，又要担负起一部分外送膳食任务，另有些部门及领导的相关宴请，要求高，工作量大，他又一次被委任为食堂司务长。蒋大厨深感责任重大，想尽办法把食堂工作做好。他在全市机关食堂里率先改革，推出自助餐形式的就餐方式，一日三餐每星期菜点不同样；为了照顾机关工作人员生活饮食的不同习惯，他采用多种烹饪方法使菜品口味多样；又采用菜点结合的方式，增加花色品种；另外备有半制成品菜肴点心等可带回家自烹自煮的食物，创造了食堂供应服务上的新模式。这种新方式和供应的菜点受到领导和机关工作人员的普遍欢迎与称赞。蒋大厨在食堂经营管理等方面是一把好手，又是一位当家理财的能手。那时财政经费紧张，食堂开支经费少，他想方设法开拓财源，利用节假日和机关工作的空余时段，对外开放大圆食府，接受周边居民婚宴和家庭宴请的预订，一时生意做得风生水起，他把经营的利润全部贴到食堂开支里，受到相关部门的表扬。

蒋大厨常潜心研究食堂里的菜肴，结合时代发展，不断变换花式品种，引入火锅、铁板烧、蒸菜等新品，他扎实的烹调技艺在食堂这“自由王国”里得到充分发挥。人们常称食堂里的菜为除川、粤、鲁、苏、湘、闽、徽、浙之外的“中国第九大菜系”。他深知食堂里的菜肴既要有地方传统名菜，更要有经济实惠的菜点，供应的菜点不应受菜系规范等条条框框的限制，反而要任其发挥，达到饭菜可口、雅俗共赏的目的，因而做出一些人们意想不到的菜点，如青菜炒橘子、甘蔗排骨、鸭血西瓜、菠萝肉片等，这些菜肴都成了食堂的名菜。

有次我在市政府开会，会后时值中午，在走道上碰到蒋大厨，他紧拉住我，让我到食堂吃饭。走进食堂大餐厅一看，果然大开眼界，有自助餐形式的几十种菜品，还有甜品、酸奶、水果等。我最记得那次吃的红烧肉，味道一流，口齿留香。蒋大厨告诉我，那块红烧肉采用大锅红烧烹饪，小镬复烧，通常以肥肉为主，瘦肉为辅，焖烧后浑然一体，晶莹润瘦，鲜香可口，每块肉底衬有碧绿青菜，盛放在小钵之中，其受欢迎程度达到在食堂里几乎人手一份。直到现在，我还时不时惦记蒋大厨在食堂里做出来的那块红烧肉。我记得食堂里还有许多好吃的大众菜肴，如韭菜炒百叶、油豆腐塞肉、蛋饺白菜、鸭血粉丝汤、家常焖肉豆腐、红烧鱼块、油炸小黄鱼等，真不要小看食堂里的厨艺功力，看似不起眼的菜经大厨操作都能成为美味佳肴。随后有几次我曾在大圆食府里品吃过日常供应的焖肉大面、鲜肉月饼、三角包、粢饭糕等苏州小吃面点，与外面的专业店相比，其味道、造型真有过之而无不及。

蒋大厨在大圆食府里工作耕耘整整十五个年头，他在平凡的食堂里付出自己全部精力，难能可贵的是他的敬业乐业的工作态度，这也换来了人们对他的尊重。临退休时，市委书记找他谈话，表扬他多年工作的付出，并盛情挽留他继续在食堂工作。蒋大厨说，因多年劳累，自己身体有多处不适，又未很好照顾家庭，婉拒了书记的好意。

蒋大厨的从厨生涯大多数时间是在食堂里度过的，那平凡繁杂的工作也锤炼出了一代苏帮菜大师。回顾蒋大厨走过的厨师道路，从中可发现，蒋大厨的言行举止、气质态度造就他成为一名电视美食栏目的主持人；他的厨艺才干、细致认真的态度使他当上一名烹调高级技师；他的真诚善良的品行又造就他成为一位超凡脱俗的厨人。他在自己的道路上行走，调和生命的气息，无论是在银屏上、在社会生活里、在饮食厨道中，他都能拿捏好人生气场，为自己的生命注入新的活力。

全世界论炒虾仁，中国人炒得最好；在中国论炒虾仁，苏州人炒得最好；在苏州论炒虾仁，新聚丰朱龙祥大师炒得最好。

灶上老苏州朱龙祥

在餐饮江湖上，朱龙祥大师常被人提起，他是新聚丰菜馆的掌门人，又是一代烹饪大师。如今在苏州社会上流行“要吃苏帮菜，就去新聚丰”。那里每天顾客盈门，月月年年如此。一家餐饮店能吸引如此多回头客，实属不易。一些上了年纪的老苏州、评弹界艺人、文化界知名人士等均是他店里的常客，就连上海及其他省的食客也寻味慕名而来，一些新苏州人亦加入此队伍中。在一定程度上，新聚丰菜馆引领了苏帮菜的发展，成了苏帮菜行业中的标杆。

二十世纪七十年代初，我与朱龙祥大师几乎在同一时段进松鹤楼菜馆。他被分配到厨房，我被分配到餐厅，随后他在烹饪技艺道路上越走越宽，而我在餐厅服务道路上亦步步奋进。在我看来，朱龙祥大师天生是一块做厨师的料，他青年时期长得厚实粗壮，长年剃着“板刷头”，显得精力充沛。他热爱烹饪，擅长煤炉上功夫，烧得一手好菜。他当年从烹饪学校毕业即进入松鹤楼学艺，因勤劳肯干，做人活络，常被师傅说“最拎得清”，深得当时松鹤楼白案大师屈群根和红案大师刘学家的青睐，后来成了他们的爱徒。在这些名师的指导下，他的烹饪技艺突飞猛进。随后因工作需要，朱龙祥大师被派去筹建得月楼菜馆，在那里他又师从刘祥发师傅，深得刘师傅赏识，逐步学得烹饪绝技。没过几年，他已成为得月楼菜馆炉灶上的“头煤炉”师傅，统领伙房工作，成了名副其实的“火头军”司令。虽然他在厨房煤炉上已成为一把好手，但他坚持天天上灶烧菜，总是抢着干最脏最累的活。那时得月楼的生意红红火火，每天两市头顾客满满一堂，逢节假日人更多。在那个时代，就餐吃饭讲究方便、快捷、吃饱，厨房间煤炉师傅压力甚大，多数时候堂口内吃饭的人黑压压一片，厨房内叫声、盆锅碰撞声、催菜声此起彼伏。此时掌控煤炉的朱大师总是沉着应对，他像学过统筹法的数学家一样，把该拼的菜拼一起烧，有些菜套着烧，快慢结合，有时选择最大的“板口锅子”烧菜。他身大力不亏，出手飞快，菜品在他手里如行云流水般一盘盘送到顾客桌上。在他的带领下，厨房出菜顺当，顾客吃了一批又来一批，得月楼的生意越做越大。他高超的烹饪技艺及热情刻苦的工作态度在店中有口皆碑。不久他被领导选中，被推荐到中国驻利比亚使馆工作，因工作努力，曾多次受到使馆领导夸奖。

他回国后，我已任饮服公司经理，又兼任苏州商业技工学校校长。我安排他到当时商业技工学校下属的萃华园菜馆当经理。这家店自开业以来，内部一直矛盾不断。萃华园是学校的实习菜馆。菜馆管理得按行业规范操作，有时与学校管理模式不合拍，尤其是学校一部分上文化理论课的教师与另一部分上菜肴面点课的教师，两者在一些福利分配上时有矛盾，有时还争吵，闹不团结。朱龙祥大师临危受命担任经理，他利用自己管理行业的经验和大厨的影响力，妥善处理多方矛盾，使萃华园菜馆走上了正规发展的道路。

随后由于工作需要，他又转到园外楼饭店当副总经理，不久又调到人民路上的新聚丰菜馆当经理。二十世纪九十年代，商业深化改革，推行承包责任制，朱龙祥主动要求承包新聚丰菜馆。承包后他积极性大增，又把他师傅白案大师屈群根、服务大师顾应根请到店里当顾问，菜肴和服务质量好评如潮，生意做得风生水起，有时从上海等地来店的旅游大巴车甚至会造成交通堵塞。后来新聚丰菜馆搬迁到太监弄，经营至今。

朱龙祥大师在烹饪道路上获奖无数，他是第三届、第四届全国烹饪大赛金奖得主，在省内烹饪大赛中多次摘金夺银。现今店中供应的母油船鸭、枣泥拉糕、祥龙鳜鱼等都被认定为中华名菜、名点、名小吃，上榜江苏“当家菜”。他被中国烹饪协会和相关部门评为资深中国烹饪大师，获餐饮业国家级评委、中式烹调高级技师、苏帮菜烹制技艺第三代非物质文化遗产代表性传承人、苏帮菜十大宗师等技术职称或荣誉称号。他对这些荣誉看得很淡，常说“老老实实做人，认认真真烧菜”，这句朴实的话使我深受感动。

朱龙祥大师在烹饪技艺上的努力和奋斗气力没有白花，新聚丰菜馆生意如日中天，兴旺发达。他继承了新聚丰老一辈烹饪大师传下来的名菜名点，又创新发展出一批新菜佳点。难能可贵的是他仍保留着厨师的良好习惯，每天清晨总去菜场亲自选择看货，把最好的当令食材买回店里，制作出时令美味佳肴以飨食客。苏州人向来崇尚时令菜肴，在新聚丰的餐桌上总能最早吃到这些时令佳品，如春季的糟熘塘片、樱桃汁肉、枸杞鸡丝、油焖春笋、干蒸甲鱼、祥龙鳜鱼等，夏季的清炒三虾、虾子白切肉、苏式烩鳝、虾子白鱼、荷叶粉蒸肉等，秋季的清炒蟹粉、秃黄油、细露蹄筋、蜜汁火方、黄焖河鳗等，冬季的母油船鸭、酱方、青鱼煎糟、五件子砂锅、枣泥拉糕等。朱龙祥大师有个好习惯，就是“拳不离手”，坚持上灶烧菜，一些老顾客都是冲着朱大师亲自烧的菜来新聚丰的，这些熟客随后也都成为朱大师的朋友，他的人脉越来越广，吃客越来越多。

我曾称赞朱龙祥大师烹制的清炒虾仁，说：全世界论炒虾仁，中国人炒得最好；在中国论炒虾仁，苏州人炒得最好；在苏州论炒虾仁，新聚丰朱龙祥大师炒得最好。我这一评价得到众多食客认可，可见新聚丰的炒虾仁等菜肴多么受人热捧。但他谦虚地说，一个人最好的资本不是能力，而是人品。他对做菜与做人有如此深刻的认识，具备良好的厨德厨风及厨人的道义。

行业中大多数人都叫朱龙祥大师“龙毛拳”，这一雅号不是别人取的，而是他自封的。多年前，一次他与一师兄弟发生争吵，一语不合竟动起手来，他以一记闪电式重拳把那师兄弟打倒在地，占了上风，当然，最后他因动手打人做了检查，向人家赔礼道歉。后来我问起他用什么拳法把人一下打倒，他自吹说是自己发明的“龙毛拳”，从此以后熟悉他的人都叫他“龙毛拳”了。他也不在意，相反颇有一点自傲的感觉呢。

朱大师在生活中是一个随性的人，烟、酒、茶、牌等样样皆能，在江湖上行走久了，朋友也多，加上他善解人意，能说会道，身边总聚集着不少徒弟和朋友。前几年在朋友介绍下，他别出心裁拜著名评话演员张国良为师，成了评话票友。他本身在语言表达上颇有几分天赋，无师自通，偶尔学会了一些苏州说唱，从不惧怕表现，拜师后更一发不可收拾。有时我与他及朋友们聚在一起，他多喝了两杯，你不请他，他也会主动说唱表现一番，也确有几分艺术素养，有时引得大家哄堂大笑。在生活中，他在哪里出现，哪里总充满着欢声笑语。

现今“龙毛拳”已过花甲之年，精力不如当年，但他在烹饪道路上还在不断攀登探索，坚守诚信经营道义。他把百年老店新聚丰这块金字招牌擦得金光灿灿，又把自己的烹饪技艺精心传授给弟子们。他为人亲和力强，对朋友热情有加，逢年节常请吃年夜饭。每年五月子虾上市时，他都主动邀请我与他的老师兄、行业中的前辈、老食客、苏州文人等欢聚一堂，品尝他亲自烹饪的虾子宴。那些菜肴精致、大气、霸气，如新风虾、虾子白切肉、虾子五件子砂锅、虾蟹两面黄等，即便是小油条，蘸着他亲自熬制的虾子酱油吃，都吃出了苏州味道。记得前一年的虾子宴，他购得一条近十斤重的野生鳜鱼，亲自操刀烹制成一款多年未见的传统苏帮菜“猛虎下山”，放在一只特大长方形盆中，由两个人抬上桌面，惊到在座所有人。此道菜形态似猛虎，油炸后侧立在盆中央，口味酸甜，外脆里嫩，让人回味无穷。

岁月不饶人，转眼间我与朱龙祥大师都已迈入了老年阶段。在餐饮圈里，我总觉得我们俩能聊到一起，他知道我要说的话，听得懂，我则接得上他说的下一句。有时我们在一起谈天说地，我看他真不像厨师；当他转入厨房，端出菜肴时，他又真是厨人。他身上没一点伪装，只有简单、直率、坦荡。平日里每当我叫朱龙祥大师为“龙毛拳”时，心里总泛起一丝温暖，因为他带给人们美味，又带给人们欢乐，显示出当代吴地名厨的手艺与道义。

他把书画中色彩对比、留白，治印中虚实等艺术手法融会贯通在菜中，从而使他出品的菜肴极富艺术性，又有更多的人情味。在餐饮界，人们公认他为『常熟蒸菜之父』。

烹艺大师张建中

张建中是一位烹饪艺术家，他所著的《常熟蒸菜》一书与广大读者见面了，我真为他高兴。这是一本有温度的书，可读、可品、可得到收获。

我与张大师是多年的好友，同在餐饮江湖道上。我在苏州市烹饪协会主持苏州四方饮食，张大师一直奋战在常熟烹饪前沿。我一直关注着张大师的工作及生活。每当他有所建树时，我也会跟着高兴。我俩似乎心总往一处想着。

张建中大师是常熟烹饪界的先锋人物，头顶着中国烹饪大师、高级烹调技师、苏帮菜宗师、非遗传承人等桂冠，但是张大师总是低调地称自己为“虞山厨人”。他还自篆一枚“虞山厨人”的石章，自勉自励，不忘初心，虚心诚恳待人。他喜静，爱读书，善书画，平日里他总像教书先生一样生活着，但他工作起来总是干劲十足，做菜专心、细致、讲究章法，其精细程度，可与绣娘比肩。工作空余时间，他又拿起笔杆子苦练丹青。休假时，他又操刀治印。他在艺术上的功力，让以此为生的专业人士都羡慕不已。他身上展示出书、画、印、食四位一体的艺术风范，是一位在艺道、厨道上疾步奋进的人物，称他为烹饪艺术家一点不为过。

常熟蒸菜是苏帮菜中的瑰宝，也是常熟饮食文化中一大特色，有着深厚的文化底蕴，又有广泛的百姓基础。蒸菜，顾名思义，是采用蒸的方法制作出的各种菜肴。在中国的烹饪宝典中，蒸法有着许多类别。其中水蒸是一种主要方法，主要运用水蒸气加热原理，各种食材加入调料后，一次成型，可生蒸，也可半生半熟蒸，也可熟蒸。食物熟后，保持着食物本味，被称为“原汁原味”。在吴地，蒸菜这种方法广受百姓喜爱。“蒸”这个字，表面上只是一种烹饪方法，但在人们心目中也是对生活的企盼，意味着生活蒸蒸日上。在富饶的江南，食材应四季而变，人们崇尚时令，烹调方法千变万化，唯有蒸的方法在常熟保留了“一方净土”。在倡导绿色、低碳等新烹调理念的时代，蒸是一种值得推广的科学饮食之道。

张建中大师就是从“蒸菜之乡”常熟走出来的一位烹饪大师。他从学校毕业后即学习烹饪。他天资聪颖，自步入厨道后，勤学苦练基本功；经同行师傅指点后进步神速；初露头角后又虚心好学、举一反三，被委以重任；成才后又不断进取，博采众长，成为“大家”。他在全省、全国多种烹饪比赛中屡获金奖，功成名就后越发专注传承，研发常熟蒸菜。张大师所展示出品的蒸菜，有着丰富的层次感。张大师出神入化的刀法、变化多端的火功掌控，使食物呈现出丰富的形态，又有着悦目的色泽。优雅端庄的装盆艺术效果、超一流的口味使食物让人赞不绝口。

张大师凭着超凡脱俗的审美情趣，把握着常熟蒸菜的发展方向。他又把自身的艺术感悟得心应手地运用在常熟蒸菜里，“在锅里作画，在纸上做菜”。他把书画中色彩对比、留白，治印中虚实等艺术手法融会贯通在菜中，从而使他出品的菜肴极富艺术性，又有更多的人情味。在餐饮界，人们公认他为“常熟蒸菜之父”。

张建中大师在业界获如此雅号是不容易的。多年前，他全力创办常熟蒸菜研发中心。他既当“导演”，又当“演员”，耕作在这一方沃土里。有多少日子里，当万家灯火亮起时，他仍坚守在灶台前；夜阑人静时，他蜗居在书房，熟读菜谱；东方日出时，他又兴冲冲赶去菜场采办新鲜食材。我清楚地知道，一些经典常熟老菜在他手上复活，一些时尚菜肴经他艺术加工，成了许多青年人的“新宠”。他对常熟菜肴，尤其蒸菜，倾注了全部精力，用他那双灵巧的手，不遗余力，硬是撬动着常熟菜品跃上一个崭新的台阶。

《常熟蒸菜》一书，我数度读来，感慨万千，书中那些饱满的文字语言，抒发了张大师做菜的心声与情怀。那些唯美的图片，彰显了张大师的制菜功力及艺术造诣。这是张建中大师近几年来潜心制作的蒸菜的一个汇集，也是给追逐、喜爱他的菜肴的人的一份“伴手礼”。这本书可做菜谱，又像一本画册，还真是美不胜收呢！有人说学做菜，得有高手指点迷津。此本书籍，就是“仙人指路”教你做菜。因为作者把蒸菜做了细化，分成了许多小节及解义，如同“庖丁解牛”一样，让你读后也能略懂几招。如是欢喜“调味舞铲”者，定能学会几道正宗常熟蒸菜。书中唯美的蒸菜图片是通过高超的摄影技术提炼出来的，加上别具一格的排版式样，形成图文并茂的印象佳作，给我们留下一份高尚的精神食粮。

我知道，那位颇具艺术天赋的摄影者就是张建中大师的儿子。父子联手，所谓“上阵父子兵”，给当下的烹饪艺苑留下一段佳话。

这是一本有艺术感召力的书！

李俊生使出拿手绝活，就地取材，用当地食材石斑鱼制成苏帮菜名菜『松鼠石斑鱼』。此菜挂上卤汁，吱吱作响地端上餐桌时，受到应邀出席招待会的大使和夫人的一致称赞，被贵宾们称为『一条会叫的鱼』。

“小李飞刀”李俊生

在当下餐饮厨艺队伍里，技艺高超者有，懂管理者亦有，但懂管理又有技艺者为数不多。李俊生大师既是一位有技艺的苏帮菜大厨，又是一位懂经营管理的高手。

他是一位从松鹤楼菜馆走出来的大厨。松鹤楼菜馆是姑苏规模最大，又拥有百年老店称号的餐馆，号称“乾隆始创，誉满全国”，至今已有两百多年的历史，是苏州家喻户晓、有口皆碑的菜馆。在饮食江湖上，松鹤楼又被苏州饮食界称为餐饮业的“黄埔军校”和“厨师的摇篮”，从那里学成手艺出来的人，都将成为餐饮行业里的“大将”和“先锋”式的人物。李俊生大师就是良厨之材，他头上还有一道光环：曾一度是松鹤楼菜馆的掌门人。从主厨到总经理，他在从艺道路上一次次升华成长，谱写出了厨艺生涯的辉煌篇章。

李俊生大师1973年进松鹤楼菜馆学艺时刚满十八岁，还是一个毛头小伙子。他中等身材，相貌清秀，两眼虽显小，但炯炯有神，见人总是面带微笑，是一个地道的苏州小伙子。刚进店，他被分配在厨房切配间工作。他做事踏实、认真、刻苦，不管脏活累活都抢着干，每天营业结束总是要把厨房全部打扫干净才最后一个下班，受到师傅们喜爱。即使日后成为松鹤楼总厨，他仍保持着这个爱干净的好习惯。他的操作台上和灶台面上都干干净净，炊具摆放整齐，个人雪白的工作服没有一点油污。他是一个爱干净、整洁的厨师。

李俊生大师的学艺道路并不是一帆风顺的。在那个年代，青年人向往的工作是进市属轻工、机械系统等大工厂，菜馆行业是服务性行业，似乎“低人一等”，社会上流传着一些旧观念，如：“有福之人人服侍，无福之人服侍人。”受这种思想影响，李俊生从学校出来，被分配到松鹤楼菜馆当学徒，还在家哭过鼻子呢！但他真正跨入厨师这一行，开始从事这项工作时，倒也想通了，心中也敞亮许多。解开他心结的是松鹤楼的陆焕兴师傅。陆焕兴师傅在日常的厨房工作中，看中了李俊生这小伙子，觉得他学艺态度端正，听师傅话又吃苦耐劳，平时在厨房里总是最早一个来，最后一个走，人又灵活，是做厨师的好苗子。陆师傅相中李俊生后，两人结了师徒。陆焕兴大师是一位从旧社会就开始学艺的烹饪大师，是松鹤楼菜馆的把桌师傅（厨师长）。陆师傅为人诚恳，技艺高超，平时言语不多，工作认真负责，总是把厨房工作安排得井井有条，这些优良的厨德厨风深深影响了李俊生。他曾对李俊生说“三百六十行，行行出状元”。学厨艺学的是手艺，旧社会流行一句话叫“荒年饿不死手艺人，做厨师不仅要烧好菜，还要做好人”。这些朴实的话语，深深打动了李俊生，使他从不欢喜当一名厨师，到渐渐地进入角色，到热爱这项工作，直到全身心投入，迎来了他踏上社会后人生中的一大转折。明确了人生方向的李俊生在学艺的道路上更加努力，钻研厨艺，取得了长足进步。

陆焕兴大厨擅长切配、涨发等技术活，尤其对一些名贵食材如鱼翅、海参、鱼肚、蹄筋等的涨发有独门绝技。陆大厨还有一个习惯，每天早晨总要拎只菜篮子亲自跑菜市场采办当季当天时令食材。陆大厨经常带着李俊生一起去采办食材，看货又验货，教会他一整套认识食材及干货涨发的技术，为他后来担任松鹤楼菜馆总经理打下了坚实的基础。在恩师陆焕兴大师的指点下，李俊生的烹饪技术日积月累，大有长进，初露锋芒。在一次由饮服公司组织举办的全市菜馆酒店行业技术考试中，每位厨师考生考一门"整鸭出骨"，要求把整只鸭架完整切剥出来，鸭身灌满水后滴水不漏才算合格。此菜比刀功，鸭骨要不带肉，拆得干净；又比速度，看谁速度快。要拆剥得又干净，又不破皮。李俊生在这次比拼中沉着应战，不慌不忙。凭着平时练就的刀法，从陆焕兴大师处习得的独门刀技，他心中有底，信心十足，在考核中一举拿下"状元"。他那精湛的刀法、飞快的速度、娴熟的整鸭出骨技艺，惊倒了现场评委及众多观摩者，他们都称赞他不愧是松鹤楼出来的大厨。从此他在行业多了一个"小李飞刀"的称号。

多年后，李俊生大师的厨房工作发生了变化，他被调配到松鹤楼煤炉上烧菜，跟名厨刘学家学炉灶技艺。刘大师早年在苏州名店"天和祥"当学徒，后至外事饭店掌厨，"文革"后又调至松鹤楼掌勺，年少成名，成为一代名厨。他那被称为刘式松鼠鳜鱼的绝技在业内首屈一指，被称为苏帮菜首席名菜。刘大师又创造出如虹桥赠珠、早红橘酪鸡等名菜。李俊生拜在刘大师门下后，炉灶厨艺突飞猛进，刘氏松鼠鳜鱼等名菜在“小李飞刀”手下尤显风采。他从厨房切配到炉灶，实现了厨艺全面开花，成为青年厨师中的佼佼者。

卤鸭，是松鹤楼一道当家菜、传统名菜，一定是松鹤楼的“头煤炉”大师傅来烹制的。每年新鸭上市，从端午节开始供应卤鸭、卤鸭面，至当年中秋节结束，时令性强，技术要求高。松鹤楼的厨师如果不会烧卤鸭，只能说还是一名“中等生”。但要学会烧制卤鸭，让大师傅能放心地把这一任务交付一个人，也是非同小可的事。李俊生在炉灶上工作多年后，一心想学习烧制卤鸭，但一时摸不到门路，心里不是滋味。

要知道，松鹤楼烹制卤鸭，需每天下午把活鸭从城外赶回店里，傍晚宰杀、洗净，深夜开始烹制，至天亮时分即烧熟，清晨切配装盆，供应卤鸭面。中、晚两市供应卤鸭。整个烹制过程，一环扣着一环，并且都是在深夜完成烹制工作的。李俊生通过自己的恩师陆焕兴与当时松鹤楼的“头煤炉”大师孙灿然打好招呼。陆师傅说自己徒弟想学烧卤鸭，请孙师傅多指点。孙师傅当下表示同意，只说：“小青年阿吃得起这种苦头？每天夜里不能睡觉的呀！”李俊生自己要学烧卤鸭，尽管白天还得正常上班，夜里也坚持跟着孙灿然大师烧卤鸭，个把月下来，人也瘦了不少。他的吃苦耐劳、钻研技术的精神，感动了店领导，随后店领导安排李俊生白天不用上班，夜里全身心地跟着孙师傅烧制卤鸭。孙师傅也把烧制卤鸭的技艺悉心传授给了李俊生，使他成了那时青年厨师中第一个掌握此技术的人，成为店中厨师队伍里的中坚力量。他自然而然成了松鹤楼厨房里的“顶梁柱”。李俊生于1993年参加第三届全国烹饪技能大赛，一举获得团体金奖和个人冷菜金奖，被中国烹饪协会授予中国烹饪大师称号。

二十世纪八十年代，饮服公司与北京东城区饮食公司合作，在北京台基厂大街开设北京松鹤楼菜馆，李俊生跟随刘学家大师到北京松鹤楼担任苏州合作方厨师长。苏州名菜名点进入北京市场，受到北方客人的欢迎。当年许多北京市民听闻北京松鹤楼供应苏帮特色菜点，纷纷慕名前来品尝。菜肴得到广大市民们的高度赞扬。

李俊生大师在北京松鹤楼工作期间，不断翻新苏州菜肴，又结合北京市民喜食鸭的偏好，率先把苏帮菜中有特色的鸭肴编进了菜单，送上餐桌，推出了苏州传统的五香扒鸭、烧炖鸭、锅烧鸭、卤鸭、出骨八宝鸭、香酥鸭等菜品。尤其是那款五香扒鸭，采用当地肉鸭，辅料中加入北京城里特有的京冬菜等，沿用苏州菜的烧焖等烹调手法，一经推出即受到北京消费者的欢迎。他又把自己在苏州松鹤楼学到的本领，结合自己“小李飞刀”的功夫，传授给北京松鹤楼的同行，开发出鱼香肉丝、青椒里脊肉、三丝鱼卷、瓜姜鳜鱼丝、宫保鸡丁及艺术冷盆等讲究刀功的菜肴，丰富了供应品种，又提升了菜馆的品位，也使北京松鹤楼的苏州菜肴声誉四起。北京的报刊、电视等媒体纷纷报道北京松鹤楼供应特色苏州菜的盛况，松鹤楼成为全国饮食企业进京合作成功的典范。李俊生大师也受到了北京东城区饮食公司的嘉奖。

回到苏州后，李俊生在厨房工作上更上一层楼。他善于总结经验，又把在北京看到学到的菜肴，结合苏州菜特点融会贯通，研发出多道京菜如爆双脆、葱煨海参、芥末鸭掌、拔丝苹果等。一经推出就获得食客好评。这标志着他的技艺又上了一个台阶。

李俊生的厨艺在中青年厨师中成绩突出，政治上他又积极要求进步。1988年经组织推荐，他被外交部录取，外派至中国驻委内瑞拉大使馆任主厨。当时每逢国庆节、建军节等重大节日，使馆都要举办招待会，邀请各国使领馆大使和夫人们出席。在一次国庆招待宴会中，李俊生使出拿手绝活，就地取材，用当地食材石斑鱼制成苏帮菜名菜“松鼠石斑鱼”。此菜挂上卤汁，吱吱作响地端上餐桌时，受到应邀出席招待会的大使和夫人的一致称赞，被贵宾们称为“一条会叫的鱼”。

此消息传到委内瑞拉国家电视台，电视台特地派记者专程与中国大使馆联系，特别邀请李俊生大师上电视台表演“一条会叫的鱼”。李大师在翻译的陪同下走进电视台，现场制作名菜“松鼠石斑鱼”。他从容镇定，操作技法出神入化，起刀、拍粉、油炸、挂卤、装盆等一气呵成，还不断穿插讲解松鼠鱼的来历和中国的传说故事，博得现场观众阵阵掌声。一个厨师能在外国电视节目中表演中国烹饪技艺，并讲述中国经典名菜以及背后的生动故事，必定得有高超的烹饪技艺，又有平时对饮食文化的深入学习、了解和积累，才能如此从容圆满地完成此项任务，在平凡的厨师岗位上为国争光。

回国后，李俊生大师仍在松鹤楼工作。多年后，李俊生大师成为苏帮菜制作技艺第三代非遗传承人和苏州烹饪大师工作室成员。

退休后，他又继续在传承苏帮菜技艺和培养徒弟等方面发挥积极的作用，在苏州烹饪大师工作室研发基地和各市区中等职业学校，到处都能见到李俊生大师忙碌的身影。他把他的烹饪技艺及对菜肴的感悟、心得体会毫无保留地传授给徒弟和中职技校学生，而他对烹饪事业的坚守与执着的精神，深深地感动着他的爱徒及广大师生、员工，给予他们前进的动力，使他们在省、市各项烹饪技能大赛中都取得了优异的成绩。

当年的“小李飞刀”如今已经变成“老李”了，但他心气不老，对烹饪行当仍一往情深，专注于苏帮菜的传承和创新。

李大师坚信，烧菜做饭是一种生活艺术，烹饪中藏着乾坤，技艺学无止境。在他心中似乎有着一座烹饪的象牙塔，他总想把更多年轻人推向塔尖，而自己愿做“垫脚石”，只想成为一名良厨。

我曾总结道：『江南美食文化』产业学院这些功能，为传统的餐饮行业引进了源头活水，也为学校课堂教育插上了腾飞的新翅膀。

前程似锦的“江南美食文化”产业学院

苏州技师学院创办的“江南美食文化”产业学院，自成立以来，声誉鹊起，在省内外教育战线上影响力与日俱增。一批又一批优秀技能人才走出校门，服务于社会。作为曾经的餐饮从业者，我对学院教育成果感同身受。学院对餐饮行业的吸引力也越来越大，真可谓是魅力四射。

苏州技师学院创建于1960年，是公立全日制技工院校，江苏省重点技师学院，又是首批国家职业教育改革发展示范院校。该院校以高标准设置六个专业教学系，十多个行政处室，在校学生多达六千多人，其中烹饪教学系颇具特色，吸引众多有志青年来学院求学。教学系内设施齐全，中餐、西餐、白案、红案、烘焙、冷餐等分类有别，设备一应俱全；又建立了烹饪技术现代化实训中心、钱建林烹饪技能大师工作室等，集教育、实训、生产培训为一体。这里师资力量雄厚，汇聚着一批资深老教师，又有一批博士、硕士和海外归来的青年教师，再有一批从著名菜馆、酒店、宾馆而来的烹饪大师、名师，等等。这样的师资队伍形成的教育合力非同小可，使该学院的烹饪教育快速发展起来，收获累累硕果。

我与技师学院很是投缘，其中一个原因是我也曾担任过苏州商业技工学校校长之职，也专注从事过职业学校的教育，尤其是那时技工学校的烹饪培训班，办得很有成效，成为学校一大亮点，受到各级部门的关心与重视。而今我已退休多年，但苏州技师学院还特聘我为该院烹饪专业教学咨询官，给了我“一官半职”。故而时不时我还走进学院，走上曾经熟悉的讲台，与师生们一起畅谈苏州餐饮业发展与创新以及江南文化苏州菜的“前世今生”。

说了许多，还是回到正题，来说说“江南美食文化”产业学院吧。

“江南美食文化”产业学院是由苏州技师学院推出的产教融合学院。该学院实行一种全新教育模式，联合苏州餐饮行业协会，众多知名餐饮企业的烹饪大师、名师等，搭建现代化产业教育平台，充分利用技师学院的教育资源，汇合餐饮行业技艺力量。两者相向同行，形成一种崭新的职教形式。

近几年来，苏州的餐饮行业发展迅猛，经营业绩在省内独占鳌头，行业门类齐全又呈多元化发展态势。但餐饮企业员工培训总感到力不从心，尤其是亟需烹饪高级人才解决后继乏力问题。高科技、大数据运用更落后于形势发展。“江南美食文化”产业学院建立后，从根本上解决多种问题。学院推行餐饮行业在职培训，组织相关人员走进课堂。有专家、学者上课，通过培训对厨师进行有序考核，给予劳动人社局颁发的技术职称，为餐饮行业发展打下良好基础！

再从技师学院来说，过去学院内的在职学生，只接受单一课堂授课，学生们的动手能力有待提高。学生们对餐饮行业和苏州名菜、名点等缺乏了解，对餐饮市场上的信息知道得更少，缺少交流。产业学院成立后，一批大师、名师走上讲台，传授烹饪技艺。有些大厨在课堂上现场操作，讲解示范苏帮菜中名菜、名点的做法，并手把手教学生多种烹饪手法技艺；又有许多学生走出课堂，来到餐饮企业实地培训，提高自己的动手能力……这都为学生们学业结束后走上社会成功就业打下了基础。

我曾总结道："江南美食文化"产业学院这些功能，为传统的餐饮行业引进了源头活水，也为学校课堂教育插上了腾飞的新翅膀。

这些成功经验是有目共睹的，产业学院另有许多功能正在慢慢彰显出来，如：围绕餐饮产业发展的关键技术、核心工艺开展协同研发，又把研发成功的课题快速转化为生产力，助力苏州餐饮行业发展。而今苏帮菜制作技艺已列入省级非遗名录。传统烹饪技艺走进学院，得到进一步保护。在苏帮菜非遗项目的开发利用上，行业与学院携手共进，扩大了苏帮菜非遗项目的影响力，进一步弘扬了苏州的饮食文化。产业学院在新型学徒制培训规划上，花费了大力气，正在逐步、有序培育出一批烹饪高级人才及非遗传承人和工匠大师，适应苏州服务旅游经济的发展大方向。

苏州技师学院开启了校企产教融合、共建"江南美食文化"学院的新征程，又取得了阶段性的成果，真是可喜可贺。值得指出的是技师学院的领导在职教工作上，锐意改革，踏实推进，开启了院校教育的新典范，真是可敬可赞！

我相信还有更多的餐饮企业、著名饭店及烹饪大师会参加到产业学院的发展中来，共享职教成果。“江南美食文化”产业学院前程似锦。就像老一辈革命家陈云同志对评弹职教的寄语：“出人，出书，走正路。”

五味调香

每只汤包仅像一枚硬币大小，只只玲珑小巧，如一只只蘑菇似的；皮子薄而透明，还能隐隐看出皮子中的晶莹汤汁及枣红色肉馅。由于蒸制过后的面皮变化——蒸熟出笼后汤包外表遇冷，自我呈现一些褶皱——故而在苏州另称为『绉纱汤包』。

老盛昌汤包

苏式汤包是苏州传统特色点心，在街巷饮食行道里，又称“件头点心”。苏州人吃点心，吃得细，吃得精。随时令变化，不断更换品种。在苏州吃点心有“立夏开花，中秋结子”之说，即为立夏后吃烧卖，中秋后吃汤包。又有“冬至馄饨夏至面”等说法，说是夏至那日吃面，冬至时分吃馄饨。从中可看出苏州人在吃食上还应景应时，遵循着多种传统生活中吃食上的习俗。

提起苏式汤包，人人皆爱吃。有一家名为“老盛昌点心店”的店，其制作的苏式汤包是佼佼者。这家老店至今已有近一百二十年的历史。据史料记载，该店地处姑苏平江路60号，临河沿街，在小桥桥堍，创设于清后期1900年，店主顾洪宝（湖广人）。此店开业之初，仅一开间门面小店，连店名都没有。店堂仅有两张桌子、几条长凳。店老板企盼生活顺利、生意昌盛，故而给刚出生不久的孩子起名顾盛昌。孩儿长大后，继承父业。顾盛昌读过多年书，知书达理，为人友善、诚实。他接手父亲留下的店后，经营有道，四周居民都成了他家店的熟客，有的变成了朋友，吃他家点心的人越来越多。有人说："吃点心，找盛昌去。"这成为一句俗语，有口皆碑。随后有一年，店主顾盛昌干脆把小店定名为"老盛昌"。有了正式名号后的该店，生意蒸蒸日上，但店主仍起早摸黑，辛勤劳作。因店小，又地处平江路街巷深处，仍旧是沿袭夫妻两人随带一帮手专做苏州点心的模式，供应面条、馄饨、汤包及其他一些小点心，供应时间为早晨和下午两个市头，以方便居民生活。

老盛昌供应的所有点心中，最让人津津乐道的是那客鲜肉汤包，皮薄馅大，味道上乘，吃过的人总是难以忘怀。这家点心店的老板娘负责擀皮子，采用上等的白面粉，和成面后，略带一点酵面，擀出的皮子薄而紧实。老板娘手脚麻利，擀皮子又快又好看。皮子张张匀落，大小一致。而顾老板他自已切配馅心，汤包肉馅多用上等夹心肉，细切粗斩，瘦肥均匀，肉中加入多种调料，又有皮冻加入。他家皮冻制法为祖传，对外不泄而秘，只有老板一人知晓。每日做汤包，他一面给馅，一面手工捏制汤包，手法干脆利落。那位帮手徒工专门负责蒸制。

懂吃的人都知道在苏州吃汤包要"人等汤包"。因为刚出笼的汤包汤汁饱满，味道鲜美。该店汤包一直采用现做、现包、现蒸、现卖的形式。吃汤包时还配一碗蛋皮丝骨头汤，让人可慢慢品味、享受吃汤包的全过程。该店汤包又做得十分精细，就其形态来说，一笼汤包，十只小汤包大小一致，每只汤包仅像一枚硬币大小，只只玲珑小巧，如一只只蘑菇似的；皮子薄而透明，还能隐隐看出皮子中的晶莹汤汁及枣红色肉馅。由于蒸制过后的面皮变化——蒸熟出笼后汤包外表遇冷，自我呈现一些褶皱——故而在苏州另称为“绉纱汤包”。皮薄汤多馅实，其形态就似人们穿着薄薄“绉纱衣”一样。家住平江路及周边的人家大多吃过该店的汤包。

那刚出笼的汤包热气腾腾，一口一只正好。吃上一只，咬上一口，舌尖顿觉汤汁四溢、肉香满口、鲜味十足，再喝上一口蛋皮丝骨头汤，真是鲜上加鲜，回味还带着一丝丝甜鲜味。这种汤包制作起来当然费时费工，但老盛昌这家店仍恪守这一套苏式汤包制作技艺。顾老板日夜辛劳，为的是让四周居民能吃上他家那一客上乘汤包。有一次一位老太太在他店中吃汤包，一不小心把一客汤包连盒一起打翻在地，顾老板见此状况，立即冲上前去安慰老人说道：“不要紧呀。”先让老人坐下，随后又拿了一盒刚出笼的汤包给老人吃。店里其他吃客见此，都对顾老板的为人啧啧称好！另有一次，一个孩子来他家店买汤包，要带回家吃，刚好汤包一客缺一只，小孩拿了就匆匆回家了。顾老板得知此情况后，等新的汤包出笼后，取出一只，赶紧去追小孩，直接送到了他家里。小孩家长得知此事后都大为感动，一时间在街坊邻里中传为美谈。随着时间推移，计量变化，老盛昌的起家汤包也由过去一笼十只，变换成一笼六只，但不变的是苏式的口味与传统的制作手法。

在历史的长河中，老盛昌几经起落。日军侵占苏城时，百姓居民四处逃难，远走他乡，经济一落千丈。老盛昌这种小店当然难逃此劫，只能关门歇业。抗战胜利后多年，又面临经济大萧条，民不聊生，老盛昌这店只能勉强营业，维持生计。

新中国成立后，老盛昌获得了新生，一度生意红火，那客汤包走入了千家万户。二十世纪五十年代，国家对工商业企业进行社会主义改造，苏州一些较大的私有饮食企业经调整，合并变动后成为国有企业。苏州几家著名的面店、馄饨店，如观振兴、朱鸿兴都变为国有饮食企业，即全民所有制企业。而一些小饮食店，经区一级行政、商业服务部门进行网关撤并，成立了合作性质的饮食店，即集体所有制企业。

老盛昌这家企业在这场公私合营运动中，因店小又地处偏僻，人员、资产被撤并到临顿路上李福兴及新春饼馒店等处，老板顾盛昌也在公私合营后没多久即病故。从此老盛昌在市场上逐步淡出人们的视线，关门歇业。二十世纪七十年代，有区政协委员曾提议恢复老盛昌店号品牌，但当时苦于资金短缺，店铺选址举棋不定，故而一拖再拖，这家点心店就一直没有得到恢复，而一些老苏州人却对这家店的鲜肉汤包等点心总是难以忘怀。

直至二十一世纪初，有三位从事面点行业的智者，从著名的苏州观振兴面店走了出来，怀揣着创业梦想来到了大上海。他们把苏州的美食风味、风土人情，推向上海市场，又对上海的市场做了充分调研，结合上海人的口味特点和生活节奏，在上海开设了以苏式汤包为龙头的特色美点。他们又结合时令供应起苏式汤面、馄饨、盖浇饭等大众快餐，并将“老盛昌”这块金字招牌迁移到上海，进行了商标注册，传承起老盛昌以苏式汤包为主的面点制作技艺，开拓全新的经营运作模式，在上海大市场中取得了巨大的成功，也成为老字号走出苏城的一个典范。

当下老盛昌快餐店遍于上海、江苏、浙江，其供应链愈加发达快捷，其背后另有两家大型食品加工厂支撑着长三角地区的门店供应，而那些烹调技艺仍采用老店祖传，新型的科学的食品加工工艺也被普遍采用。在传统制作技艺与当下新型科学食品加工工艺创新结合后，该企业多款产品在线上、线下卖得火热，在苏浙沪有着大量食客、“粉丝”。他们的汤包点心看似并不起眼，然而他们谱写出的是苏州饮食文化传承的大文章。

而那款人们常惦记着的老盛昌鲜肉汤包也从历史尘埃里走了出来，以更加靓丽的姿态在市场中大放光彩。

在松鹤楼里能吃到他精心制作的汤面饺、四色拉糕、眉毛酥、藕粉饺、蟹肉小笼、加虾烧卖、秋叶包、净素菜包子、金鱼饺、蝴蝶酥等精品细点。难怪当时的著名作家、美食家如周瘦鹃、范烟桥等都说：吃苏州特色细点，到松鹤楼。

松鹤楼面点

松鹤楼菜馆是苏州一家著名的菜馆，也是一家驰名中外的正宗苏帮菜馆，至今已有二百六十多年的历史。旧时这家菜馆坐落在苏州观前街中心，坐南朝北，大门正对大成坊，一直可达到那时城北西北街上天妃宫的前照墙。店内有玄妙观外八景之一“蟹脐井”，在没有自来水的年代，烧菜煮面全靠这口井。该店曾被预言必成行业大器，生意定能兴旺发达，前途不可估量。松鹤楼在历史上曾被称为“松鹤楼面馆”“和记松鹤楼”，在“文革”期间改名为“东方红饭店”，“文革”结束后恢复成松鹤楼菜馆，并称乾隆始创，誉满全国。

一、小面店起家

光绪年间，松鹤楼只是一家小三开间、一个楼面的小店而已，二层楼砖木结构。东半边靠街，设有面灶一座，灶后是账房，楼梯旁设有座位；西半边的一半出租给益源烟杂店，楼下堂口仅有桌面五六张，而来客吃面均在楼下，常常吃客满堂。有时一些进城卖菜的农民卖完菜后，将空篮、扁担在店门旁放下，见店堂内拥挤，就端起碗在门口吃。一些烧香客、人力脚夫等喜欢吃经济实惠的阳春面，也端起碗在门口吃。门前总是挤满吃面的人，一时形成苏州一句歇后语："松鹤楼的光面——外吃（苏州话外行之意）。"在那时，松鹤楼在苏州也算不上一家大的面馆。店面虽然小，但松鹤楼对供应的面的质量把控严格。师傅认真踏实、操作规范，深得顾客信任。在服务方面，松鹤楼立下规定：注意礼貌，招待周到，绝不以貌取人，强调顾客是衣食父母。松鹤楼还推出多项便民服务项目，如提供送菜服务。不论居民、旅社、钱庄、商铺等叫菜，都送上门；不论钱多、钱少，不嫌麻烦，都送上门。小账不争，并且放账。逢节、年关结账，对老客户还要赠送节菜，以表谢意。如官厅大户人家举办喜庆宴会，均可提供上门落镬服务。对进店的食品，严格把控进货关。而浇头所用鱼、鸭，严格执行"三不进"，即不进鲤鱼、黑鱼和鹅，在当时餐饮行业中可谓只此一家了。

二、一碗卤鸭面

松鹤楼面点中最为著名的要算那碗卤鸭面了。苏州松鹤楼的卤鸭一般都采用当年的新鸭烹制，上市时间为每年端午节后，到中秋前告一段落，时令性特别强。卤鸭口味以咸鲜为主，略带甜味，特色浓郁。在烹调中，选用太湖麻鸭活鸭宰杀，子夜烹制。烹时，加入秘制香料及调料，使用红曲上色，又在老卤中浸制成品，凌晨即斩鸭供应卤鸭面。

旧时，苏州人六月里有吃雷素斋的习俗：去松鹤楼吃上一碗卤鸭面，另给亲友送上些卤鸭，表示“封斋”开始。不少老苏州人为了吃上一碗头汤卤鸭面，会半夜起身从半塘、唯亭、浒墅关等地赶到松鹤楼。另有一些人清晨吃卤鸭面时也会抿上两口酒水，先品吃“过桥”小盒里的卤鸭，等吃完鸭再吃面条，享受吃卤鸭面的全过程。

三、件头点心

松鹤楼菜馆除供应汤面菜肴外，还有各种面食点心出售，而且声誉卓著，深受百姓喜爱。该店点心一般在早上和下午时段供应。店大门内设置明灶工作台，现做现蒸现卖，品种有鲜肉大包、烧卖、枣泥拉糕、苏式汤包、八宝饭等，另有多种精致细点，如合子酥、百合酥、绿豆糕等供应。其中尤以各种馅心的一品大包最为著名，深受百姓喜爱。每日下午，松鹤楼大门口就会排起长队，等候这里的大包。大包除鲜肉大包、虾肉大包、蟹肉大包等常规种类外，有时还根据时季增加品种，如：春时供应荠菜猪油大包，夏季供应薄荷猪油大包，金秋供应玫瑰猪油大包，寒冬供应豆沙猪油大包。分别以荠菜、薄荷、玫瑰、豆沙为主做馅料，集清香、肥腴、甜润、味鲜为一体。荠菜翠绿，薄荷香透，玫瑰艳红，豆沙枣色；酵面皮子松软，手工精制花纹褶皱清晰可见，惹人欢喜。刚出笼的这些大包，热气腾腾，油香扑鼻。顾客有的捧在手上边走边吃；有的买得多，放在竹篮里带回家，与亲属、朋友分享。吃过松鹤楼大包的人无不称赞：美味可口，食后难忘。

在松鹤楼制作这些点心的著名大师，是一位名叫张福庆的大师傅。他名振沪宁一带餐饮界，被尊称为“白案祖师爷”。他制作的姑苏船点，在苏州享有盛誉。他工作认真负责，总是想顾客之想，不断推出新品供应市场，故而在松鹤楼里能吃到他精心制作的汤面饺、四色拉糕、眉毛酥、藕粉饺、蟹肉小笼、加虾烧卖、秋叶包、净素菜包子、金鱼饺、蝴蝶酥等精品细点。难怪当时的著名作家、美食家如周瘦鹃、范烟桥等都说：吃苏州特色细点，到松鹤楼。

四、汤面与拆碗菜

当时除供应阳春面外，浇头面有焖肉面、爆鱼面、素交面、卤鸭面、鳝丝面、壮鸡面、三鲜面等。即便是一碗光面，也讲究汤水美味可口、别具风味。松鹤楼的面货真价实，口味上乘，为其他店所不及。中午、晚上在供应面的基础上，利用炒浇余下的食材配料加工出一些拆碗菜，如焖肉豆腐、红烧鱼块、炒三鲜、小蹄髈、毛血汤、素什锦等，物美价廉。半价菜肴，深受顾客青睐。饭店全天营业，早市、下午市供应面点，中午、晚上供应简易拆碗饭菜，随意小酌，方便农民、旅客及附近居民就餐，食者络绎不绝，生意越来越好。

五、经营特色

松鹤楼以面点起家，随后又做起半价拆碗菜，生意如日中天，规模不断扩大。虽遇店老板病故，其子不能继业，几度易手，但都能转危为安，重整旗鼓，再创辉煌。张文炳是松鹤楼一位传奇式老板，松鹤楼到他手上，发展一日千里。张氏既精于烹饪技艺，又善于经营，胸襟开阔，社交广泛。在他的经营下，松鹤楼的消费服务对象范围不断扩大，吸引了社会各界人士纷纷前来，高档品种陆续应市，营业额飙升，利润丰实，一跃成为苏州餐饮界翘楚。

那时的松鹤楼在张老板掌控下，经营、管理、服务都具备一定的优势。在管理机构设置上，分为账房（财务）、堂部（服务）、厨房、面部（面点）四个部门。四部门各司其职，内部互相制约，生产环环扣紧，各类准则齐全，尤其对菜肴面点质量狠抓不放，真正做到货真价实、口味超群。有报道称："那时苏州寻常菜馆多以鹅代鸭制成菜肴、面浇出售，松鹤楼张老板有宣言，谓苟能证明其菜肴以鹅肉代替鸭者，任客如何，就如何。"

在历史进程中，松鹤楼面点也几度沉浮，著名的卤鸭面也几度停售。困难时期食物匮乏，货源断绝，停售多年。"文革"期间，松鹤楼的卤鸭面被定义为资产阶级服务品种，被强制停售。企业改制后，因经营调整，松鹤楼卤鸭面又停售了多年。值得庆幸的是2019年5月松鹤楼面馆再度开张营业，卤鸭面及特色细点得以重生。新开业的松鹤楼面馆在苏州太监弄中段，坐南朝北，店内装潢古朴典雅，文化气息浓郁，恢复供应以卤鸭面为主的各式汤面及苏式点心。近期上海、杭州、北京、南京多地开设了松鹤楼面馆。现已有几十家面店相继开业，而且是开一家成功一家，以卤鸭面为主打的苏式面点影响力越来越大。

真没有想到，真正走出苏城跃上全国舞台的苏州美食，竟是松鹤楼的苏式面点！

那熟咸肉，油光锃亮，集咸、鲜、油于一体，好吃非凡。切好的咸肉放在一张老『湖叶』上，有的人买了当场就吃起来，故而此种摊点边总围满人群，看买的人比买的人还多。

姑苏熟食卤菜业

古城苏州是中国历史文化名城，又称姑苏，别称吴门，自古以来饮食业就很发达。早期的苏帮菜，可以追溯到先秦之前，“炙鱼”“吴羹”“莼鲈之思”“金齑玉脍”“玲珑牡丹鲊”等佳肴名闻遐迩，历经唐、宋、元、明朝而至清朝。江南苏州地区经济繁荣、商贾云集，推动了饮食业的发展，加之清代乾隆皇帝多次南巡，文人墨客推崇，苏州菜肴名品迭出。其中，制作精良、风味独特的熟食卤菜尤其引人瞩目，成为江南苏州餐饮业中的一大特色。

熟食卤菜业在吴地迅速发展，是在食物充足、消费者对菜肴有着多种需求的条件下，历经餐饮市场的细分，独立于酒馆、饭店的一种饮食生态。但它与餐饮行业又是一体的，也是苏帮菜中的一个重要组成部分，其制作技艺已被列入江苏省级非遗名录。

苏州的熟食卤菜业有着悠久历史，隋唐时代吴地的“糟蟹”“糖蟹”“石首含肚”已成吴地名品。宋代饮食市场上有冷冻的熟菜肴供应，如冻鸡、冻三样、冻石首等，尤以吴地“风鱼”为最出色，冷食尤宜，风味鲜美。用蔬菜制作的配盐瓜椒、酿瓜、酱佛手、糟茭白，更是具有浓郁乡土特色。元末明初这一时期出现不少新菜肴品种，《宋氏养生部》中所记熏菜，有熏鸡、熏鸭、熏鱼，另有烧鸡、烧猪头、烘鸡等佐酒熟食。另外苏州的带骨鲍螺、山楂丁、松子糖、白圆、橄榄脯等小食名气也很大，这些小食都用在前菜或甜食之间。清代苏州的熟食卤菜已有完整行业体系，发展到了一个高峰。特色菜肴有：肉松、鸡松、蛋松、鱼松、熏鱼、酱鸭、羊方、水晶肴蹄、冻青鱼、五香酱肉、酱猪头肉、苏式拆烧、野鸭、套肠、卤鸡、烤肉、酱排骨。《随园食单》记苏州的熏蛋、熏鱼子、鱼脯、煨黄雀等都十分有名。

其中一些独特菜肴，被称为“盖此熏烧之物，未有能如吴地者”。旧时苏州有“陆蹄赵鸭方羊肉”之称。“陆蹄”谓陆稿荐之酱蹄，其店在观前醋坊桥；“赵鸭”谓赵元章之野鸭，其店设于葑门严衙前之东小桥；“方羊肉”谓方姓方阿宝之羊肉，其店在葑门之望星桥。酱蹄、野鸭、羊肉作为三家店的看家菜而名声大振，但这仅是苏州熟食业的一小部分。从熟食卤菜业经营形式来分类，大致有：前店后坊店铺、街头巷尾摊点、提篮肩挑小贩、茶食糖果店野味。多种形式的出现，形成一种兴旺生态，这是历史发展使然。苏州熟食卤菜业形成的兴旺局面显示出那时江南苏州经济、服务业的盛况。苏州熟食卤菜业之所以特色分明，有以下因素：其一，选料严格，猪选用“湖猪”，鸭用“麻鸭”，鱼选用“青鱼”；其二，烧制技法有特点，几乎每家店铺都有大锅老卤；其三，制作时用的调料很讲究，如黄酒用整甏绍酒、酱油用双套母油，另善用多种香料如砂仁、丁香、大茴、桂皮等；其四，烧制时注重火功，长时间焖烧采用一种传统“倒锅”技法，能够使食材受热均匀；其五，在食材的事前处理上细致，如酱肉、酱鸭，腌渍时根据季节的温度差异，掌握时间，做到一丝不苟、四季有别。

一、店铺熟食

前店后坊店铺是熟食卤菜市场的主力军，一般都有自家名号、看家菜肴。在苏州熟食卤菜业中，在社会上有一定影响力、品牌号召力最强的非陆稿荐莫属了。陆稿荐创始于清康熙年间，是苏帮正宗卤菜代表之一。苏州有多家陆稿荐，最具代表性的要属地处观前醋坊桥堍的“大房陆稿荐熟肉店”。此店在原陆稿荐名字前加“大房”二字，以示这家熟肉店为正宗的陆稿荐。说是熟肉店，但店家早市还供应鲜猪肉、光鸭、光鸡等生货，店面两侧还挂有四块长方形木质堂牌，上面分别写着五香酱肉、蜜汁酱鸭、酒焖汁肉、进呈糖蹄，这些都是该店的传统特色菜品。每天上柜供应的各种熟肉卤菜多达二十多种，加上季节变化，时令美食、产品琳琅满目，如：春季酱汁肉，夏季盐水鸭，秋季爊鹅，冬季羊糕。店内总是飘出阵阵异香，引来了大批消费者。成稿于民国时期的《醇华馆饮食脞志》记：“熟肉之最佳者，莫如观东之老陆稿荐。”

苏城另一家著名的熟食卤菜店，是始创于清光绪年间、地处阊门外吊桥堍的杜家老三珍，又名杜三珍。该店菜品选料十分讲究，酱肉、酱鸭分别选用太湖猪和娄门大鸭为原料，运用祖传秘方和日积月累形成的“老卤”“老汤”深度加工。其出品的熟食卤菜品种有酱鸭、莲蓬蹄、酱汁肉、酱蹄筋、酱肉、熏鱼、醉鸡、糖蟹、猪头肉等，风味一流，色、香、味、形俱佳，深受同行赞许和顾客欢迎。尤其该店出品的五香酱肉，恪守旧制做法，色泽褐红，味道鲜美，酱香四溢，入口即化。

创始于清同治年间的生春阳腌腊店，地处观前街洙泗巷口，是一家专门经营火腿的店铺，批发兼零售生、熟火腿。火腿分档出售，肥瘦适宜，皮薄肉细，色泽悦目。生春阳火腿深受消费者赞誉，远销香港、东南亚等地。清人金安清撰《水窗春呓》记载：“火腿以金华为最，而孙春阳茶腿尤胜之。所谓茶腿者，以其不待烹调，以之佐茗，亦香美适口也。”该店在经营火腿的同时，在冬季出售“家乡肉”，夏季出售“风肉”，又兼营南北货小食，尤以经营“南枣”为著名，故而该店市招上书“生春阳金腿南枣发客”字样。袁景澜《姑苏竹枝词》记“鲊美春阳鲒子鱼”，赞美生春阳出品的鲒子鱼，称其为吴中美味。

旧时的苏州熟食卤菜店多达数十家，在行业中有本帮、常熟帮、无锡帮、清真馆等不同流派，另一种是以野味为主吸引人的店铺。以常熟帮马永斋为代表。民国时期，马永斋开设在观前街棋杆里，所制产品有酱肉、三黄油鸡、胡葱野鸭、肉松、风鸡、板鸭等。其特色熟菜为以祖传秘方研发的熟肉品种，号称“马肉”，另有马蛋、熬油山雀、卤香野鸡等，都名不虚传。

此外以协盛兴、桃源斋为代表的无锡帮，除经营野味、酱排骨等以外，常备有面筋、素鸡、豆腐干等熟菜，其产品均以红烧、卤制为主，也吸引了不少食客。

在苏州熟食卤菜业发展的历史中，值得一说的名店还有东小桥的赵元章，以供应野鸭而闻名；鸿顺兴鸡鸭店以熏鸡、盐水鸭、五香牛肉等为特色；津津香干工坊供应特色卤汁豆腐干等。道前街上的三珍斋亦是一家名店，其看家菜酱鸭颇有名气，酱肉也相当出色。

莲影《苏州小食志》说："熟肉店以陆稿荐、三珍斋两家最为驰名。"惜乎三珍斋、"赵鸭"等消亡过早，其品牌未能流传至今。好在杜三珍、陆稿荐一直延续至今，引领着当下苏州熟食卤菜业继续发展。

二、摊点卤味

摊点卤菜熟食，设施较为简陋，有固定的地点，出售产品亦较为单一，但风味浓郁，价格低廉，出售方便。这些摊点总设于街头巷尾，也有设在菜场附近、酱园店旁的，方便食客。旧时苏州有一种"熏胴摊"：每日下午出摊，供应风味独特的熏肠、熏肚、卤猪头肉等。盛夏时，居民们拿着青边饭碗，切上二角、三角熏肠、熏肚、白烧猪头肉等，加上一勺卤汁。这样的卤味鲜美清香，是老苏州人的最爱。

多数摊点供应盐水鸭或糟鹅。盐水鸭和糟鹅的制作选用新鹅、新鸭为好。上午在家加工，下午出摊，当天做当天卖光，不失为时令佳肴。一般盐水鸭常年供应，夏季开始出售糟鹅。糟鹅一直是苏州卤菜中的一大特色，分鹅头、肠、肫、翅、掌等不同部位出售。糟鹅，糟香扑鼻，肉质鲜美无比。其头、翅、肫、掌的味道非同凡响，价格还高于糟鹅肉呢!

另有一种出摊供应的熟食叫“等大”。何为“等大”?出售咸肉者,手持切刀,四周围着顾客及看客,每切下一块咸肉就喊起“三角,五角,谁要给谁”。顾客目光聚集着,等待切的咸肉大一点就要了,如同拍卖一样。有的要瘦肉多一点,有的要肥肉多一点,但总等着切下的肉大点。看中了,真要眼快、嘴快,喊出来“格块我要哉”。那熟咸肉,油光锃亮,集咸、鲜、油于一体,好吃非凡。切好的咸肉放在一张老“湖叶”上,有的人买了当场就吃起来,故而此种摊点边总围满人群,看买的人比买的人还多。此种买卖形式,用老苏州人的说法是“好白相”。另有一个好去处,即是玄妙观,那里有众多小吃摊,供应卤味熟食、五香排骨、小肉、鱿鱼等特色鲜明的小吃,食客终日不绝。

当下,“熏胴摊”“等大”等销售模式均已被淘汰了,但其品质风味流传下来,影响了一代又一代的苏州人。受食品加工、卫生等不同需求的影响,当今的食品风味似乎不及那时的味道,但可以肯定的是,现在这些食品让你吃得更放心了。

三、商贩小食

提篮肩挑小贩出售的熟食卤菜称为小食,有的是小贩自己加工精制的,有的是从熟食店里批发的。小贩走街串巷叫卖,赚一点辛苦钱,如一些人提着盘篮叫卖“酱汁肉、肉百叶、猪头肉”。这些卤菜,按块卖,售价低,让顾客在家门口就可买到,方便百姓。有时这些人的叫卖声真能唤起人们的食欲,有钱多买点,缺钱少买点,丰俭随意。买一块肉、一只肉百叶杀杀馋亦可。另一种摊主，推着车子，前面生着火炉，炉上炖着一只大号砂锅，锅内装着兰花素鸡、卤蛋、黄豆等物，摊主边走边叫卖着，一旦停下来，围观者不少，那砂锅里总散发出诱人的香气。人们说道：“不买，闻闻味道也好！”

旧时走街串巷的叫卖者中另有一路人，头上功夫了得。他们头顶一只圆形大藤匾，匾内装着不同的一只只小荷包，荷包内放着各种各样的“吃局”，如慈姑片、咸水毛豆、素火腿、熏田鸡、香炸小鱼等。出售时把藤匾放到胸前，两边绳子套在脖子上，熏田鸡、小肉上还会撒些五香粉，滋味不一般呀，有道是：“上风头吃，下风头闻香。”

那时在苏城另有一些女子挎着篮子，叫卖小食，她们大多在傍晚专跑酒店、酱园店。那时苏州人时常在太阳落山后集聚在一起吃黄酒，称“落山黄”。那些穿梭于酒店、酱园店的挎篮叫卖者生意还真好。她们的篮头里盛着各种盒、盅，出售酱螺蛳、卤汁豆腐干、熏青豆、焐熟藕、小鱼、咸菜等——虽然这些都是不起眼的小食，但经她们调制有了特别的味道，成了佐酒佳品。

随着社会的发展，城市品质提升，过去那些提篮挑担、走街串巷叫卖的小商小贩都已退出历史的舞台，但人们不能忘记他们那一代人给社会做出的贡献，那些可口的小食零嘴味道最终能成为城市的味道，他们真是功不可没呀！一些老苏州人直到现在还津津乐道那时的小食，更忘不了那一声声悠长的叫卖声……

四、果店野味

在熟食卤菜行当里，旧时苏州野味店占有一席之地。苏州地处太湖之滨，田野、湿地、河流纵横交错，太湖边上的野味食材丰富，野鸡、野鸭、雀鸟、小鱼、青虾等层出不穷。在野味制作上，苏州大厨独具匠心，形成了独特的苏帮卤味，受到食客欢迎。有卤制的、熏制的、爊制的、糟制的等等，风味各异。品种有浅褐色的野鸡、野鸭，琥珀色的熏蛋、熏鱼，乳白色的糟鹅蛋，爊制成的黄褐色麻雀、鹌鹑等。

苏州茶食糖果店制作野味精工细作，成品口味上乘，风味醇香，以稻香村最为著名。稻香村开设在观前街，为百年老字号，是正宗的苏式糖果店。除了丰富多样的糖果、糕点，稻香村的熟食野味名气也很大，驰名沪宁一带。品种有胡葱野鸭、透味熏鱼、虾子鲞鱼、异味风鱼、美味肉松、红烧牛肉、熏虾、烤子鱼等，其中胡葱野鸭、异味风鱼最有名。胡葱野鸭选用黄嘴黄脚的大鸭，宰杀后用食盐、胡葱拌和，加砂仁末、秕谷、茴香粉等塞满鸭肚，加黄酒焖烧，成品肥嫩鲜香，回味无穷。

旧时苏州的茶食糖果店，除稻香村外，另有采芝斋、叶受和、东禄、悦采芳等店。这些店都各自制作野味出售，其制作之精、选料之严、口味之佳甚至胜过专门的野味店，只是价格相对较贵一点。直至今日，苏州的茶食糖果店如稻香村、叶受和、采芝斋仍保留供应虾子鲞鱼、虾子酱油及透味熏鱼等特色品种，一些野鸭、野鸡、山雀、水鸟等因《野生动物保护法》，不得食用了，也淡出了市场。目前有一些人工饲养的“野鸡、野鸭”等做替代品，聊慰食客。

苏州熟食卤菜业除了上述业态外，另有一些跟着节令食俗而来的品种。在冬季，苏城大街小巷到处都有羊肉店，也有些挑担走巷卖羊肉的人，出售白切羊肉、羊糕、羊肚、羊脚、羊头肉等。羊肉店内除售羊肉、羊糕外，总有一碗热气腾腾的羊汤或羊肉面供应，在冬季温暖着人们的脾胃。苏州一碗“热吹噗烫”的羊杂汤还吸引着周边城市的人赶来品吃。旧时在春秋季节还有不少走街串巷的小贩，出售酱萝卜、咸鸭蛋、春不老、大头菜、腐乳等。在苏城的街巷里时不时能碰到卖油氽臭豆腐、粢饭糕的担子，现氽现卖，还配有辣酱、甜酱任君选用，这些小食品给人们增添了不少生活上的乐趣。

总之，苏州的熟食卤菜业在不断发展中形成了多种形式、多种类别的买卖关系，其影响力与日俱增。由于经济发展，人民生活水平提高，消费群体增多，人们对熟食卤菜的需求进一步扩大，一些老字号如杜三珍、老陆稿、陆稿荐、朱鸿兴等，恢复了一大批传统经典卤菜。一些新字号也纷纷亮相登台。另有一些小众“网红”店，拓展市场能力强，新品层出不穷。市场上的麻辣鸡、牛杂、爆肚、炸鸡、酥肉、卤鸡脚、鸭脖、兔头、串烧、鸡排等一大批受年轻人喜欢的熟食卤味，成为人们休闲生活中的新宠。这些风味不同的新品的出现，丰富了餐饮市场，苏州熟食卤菜业趁势发展壮大，在苏州城里城外呈现出店铺林立的繁荣景象。一些著名的熟食卤菜店还通过加盟连锁等形式在邻近城市，如上海、嘉兴等地开设分店，既壮大了队伍，又擦亮了招牌。人们称颂苏州熟食卤菜，称其制作技艺为“苏式”“苏灶”，从而区分于其他同类行业。苏州熟食卤菜业已影响了整个江南地区乃至全中国的同类行业。

苏州人在斗酒品茶中品味熟食卤菜，形成了一种精致、休闲的吃食格调，寻找到自己的快乐生活的源泉。

附：苏帮传统熟食卤菜

五香酱肉 秘制酱鸭
酱猪头肉 酱汁肉
砂仁腿胴 苏式拆烧
白斩鸡 盐水鹅
熬锅油鸡 爊鹅
酱排骨 扎肴
透味熏鱼 糟鹅蛋
酱蹄 羊糕
白切羊肉 冻鸡
熏蛋 熏肚肠
风鸡 肉松
酱蹄筋 套肠
虾子鲞鱼 茶腿
油爆虾 卤鸭
五香牛肉 熏烤子鱼
醉蟹 虎皮凤爪
汁骨 鱼脯
脆鳝
……

老苏州人在口味上追求清淡，喜食口感酥烂、汤汤水水的菜品。老苏州菜馆的汤菜，堪称滋味鲜美而回味甜香。

汤菜暖人心

打开传统的苏州菜谱，大约有三成的菜品是汤羹类。有些菜，即便菜名没有明确的“汤”字，实际做出来还是有汤有水。老苏州人在口味上追求清淡，喜食口感酥烂、汤汤水水的菜品。老苏州菜馆的汤菜，堪称滋味鲜美而回味甜香。

有汤有水的菜肴总是被说成是原汁原味，这话是有一定道理的。因为任何食物，在烹调到熟的过程中，食材味道、营养精华都会逐渐融于汤水中，故曰“原汁原味”。且食用汤菜易于人体消化吸收，是一种科学、健康的饮食方式。

旧时，苏州的菜馆饭店都十分注重汤菜的制作，都有一款汤菜作为“看家菜”。如松鹤楼菜馆的“天下第一菜”——番茄虾仁锅巴汤，集酸甜鲜香口味为一体，其名传为乾隆帝南巡至松鹤楼吃后所赐。再比如木渎石家饭店的鲃肺汤，曾被民国大家于右任先生称颂。

于先生为其作诗，那句“多谢石家鲃肺汤”，撩动了人们的好奇心，此菜因此声名大振。鲃肺汤取用太湖鲃鱼，将鲃鱼肉、鲃鱼肝同火腿片、笋片等煮熬成汤。口感鲜美无比，尤其鲃鱼的鱼肝肥莹润香。此汤实为汤菜中的珍品。再比如苏州老字号得月楼也有一碗汤羹让人馋慕，名为“甫里鸭羹”。此菜为唐代隐居角直的诗人陆龟蒙（字甫里）所创，是采用太湖麻鸭胸脯肉切丁，与荠菜末、豆腐衣等烩制成的汤羹，营养丰富，让人食毕难忘。百年老店新聚丰菜馆也有自己拿手的汤菜，名为汆糟汤，也称青鱼煮糟。此菜采用乌青鱼腌制上糟后打成块形，与笋片、香菇、火腿片煮成汤，鱼肉鲜美，汤味可口，糟香扑鼻，深受食客喜爱。

除这些著名的招牌汤菜外，菜馆饭店中另有一些压轴大菜也是有汤有水的。如母油船鸭，汤头饱含葱油异香，鲜味十足。食毕鸭肉，锅中的母油鸭汤尤受老饕们的青睐。将鸭汤拿来下面或“淘汤”吃饭，其鲜美滋味，令人食之难忘。还有苏州传统的压轴菜五件子砂锅，上桌后掀开锅盖，整鸡、整鸭、火腿、鲜蹄、南鸽映入眼帘，五味尽在其中，满满当当一大锅。习惯上是每人先喝上一小碗汤，再吃锅内佳品，其鲜香程度无法形容。此类大菜中另有南腿神仙鸡、金银蹄、扣三丝等，都是著名汤菜，苏城各家门店都有自己的做法，有的已自成一体，名声在外。

其实，更多的汤菜会直接以“汤”命名。苏州地处太湖之滨，水网密布，鱼虾水产原材料丰富，加上苏州大厨喜做擅做这类菜式，所以各家菜馆、饭店都有汤口菜肴，如白汤鳜鱼、奶汤鲫鱼、汆正塘、汤蟹鲃、笋哈汤、苗丁汤、四喜汤、四宝汤等。一些高档宴席上也常会提供细品单汤，如“三片汤”，此汤采用鸡片、鱼片、火腿片，用高汤合煮，出锅前汤中再加一棵碧绿的青菜心增色。有的宴席还会用鸡丝、火腿丝、笋丝等煮成“三丝清汤”，此汤清鲜味美，特色浓郁。有时大厨还会“脑洞大开”，将鸡蛋清打发做成鸳鸯形状，使之漂浮在汤上，既好看又好吃。一款好汤菜总能在宴席中起到画龙点睛的作用。

菜馆饭店里的汤菜也要照顾到一般的食客，也得考虑大众消费群体的需求，因而各家都有价廉物美的汤菜招揽客源。常用的有什锦汤、三鲜汤、块鸡汤、酸辣汤等，这类汤菜定位为中间价位往下一点。还有三鲜砂锅、什锦砂锅、鸡火砂锅、酱蹄砂锅等砂锅类菜肴，有汤又有菜，配饭、佐酒一举两得，经济实惠。另有些小型汤菜价格更便宜，如酱肉丝豆腐汤、蛋汤、小蹄髈汤、爆鱼汤，但这类汤菜也得有一些独特风味，才能抓住食客的心。还有另一类风味十足的汤，如“毛血汤”。毛血汤是用店里宰杀的鸡、鸭血，加上肉丝、鸡毛菜等放入高汤熬制而成的，价格低廉但别有滋味。还有“黄豆猪脚汤”、用鱼头鱼尾熬煮的“汤头尾”等，此类菜肴看似平常，但口味一流，能起到最大限度地吸引大众食客的作用，且有很多回头客。

在食物短缺的年代，苏州的菜馆饭店也只能供应一些简易汤菜，如素汤、大众汤。那时候人们缺衣少食，店中食材也有限，素汤、大众汤也成了美食。所谓素汤，是用菜边皮、豆腐、胡萝卜等烧成的大锅菜汤，出售时用大碗盛装；而大众汤是在素汤中再加上一些下脚荤料，这些荤料是厨房中处理下来的肉屑、火腿边皮、油渣、碎肉等。那时，能吃上大众汤也叫“开荤”了。这种汤菜是那一时段的“独家记忆”，吃过的人难以忘怀，没有吃过的人真也无法想象。

如今，有些在苏州饮食历史上著名的汤菜已渐渐远离人们的餐桌。有些是因食材缺失，有些是因制作工艺发生了改变，有些是因人们的饮食口味发生了变化。民国时代，常熟张家墅人毛荣烹饪技艺独绝，他研制的汤鳗、汤鲤、鸭糊涂，名噪一时。清代苏州人顾禄在《桐桥倚棹录》一书中所记的汤菜有汤爆肚、汤三鲜、汤野鸭、汤鲫鱼、汤着甲、斑鱼汤、蟹粉汤等数十种之多。而在餐饮史上记载的吴羹、莼鲈之思、金齑玉脍等名汤菜，现今已无供应，但其制作方法、口味，或多或少还能在其他的汤菜里找到痕迹。

汤菜也不是一成不变的，苏州人一直是“不时不食”的先行者。上苍赐予苏州这方宝地太多食材，湖鲜、瓜果、蔬菌等四时不断、应季而出，太湖三白、水八仙、大闸蟹、江三鲜等得天独厚，只此一份，吴地大厨在各类食材上有着丰富的选择。汤菜也不例外，苏州人也好一口时鲜。比如春时的腌笃鲜，用腌制的咸肉、鲜五花肉切成块状与山地毛笋同煮，汤鲜肉美，饱藏着春天的气息，一口便可抚慰舌尖。入夏后，苏州人爱清淡口味，喜食风肉冬瓜汤。风肉乃吴中特产，是火腿的副产品，介于咸肉与火腿之间，有咸肉的鲜味，又有火腿的香味，同冬瓜一道煮汤菜，鲜香清爽，实乃夏令佳肴。秋季里食材丰富，除鲃肺汤外，还有另一款著名的汤菜叫鲜莼鱼圆汤，此汤参照“莼鲈之思”的制法加以改良提升，主料是太湖白鱼制成的鱼圆，再加入碧绿的鲜莼菜。鱼肉鲜嫩、莼菜清爽，两者相辅相成，为吴中大地的秋时名馐。到了入冬时分，苏州最受欢迎的汤菜自然是白汤羊肉。苏州城郊多山地丘陵，特产太湖湖羊。苏州人信冬令进补，而羊汤是滋补佳品。较为著名的藏书羊肉，羊汤大都预制煮熟，上桌后采用明炉烧开，吃完锅中羊肉，还可在汤内下面、下饺子或加入白菜、粉条，也可再加羊肉煮汤，让顾客吃得称心满意。

苏州的菜馆饭店所供的汤菜，都顺应着季节、尊重着食材，也迎合着食客的喜好。师法古人，各家大厨大都烹饪手艺精巧、细致、独特，又时常创新，因而各家各店都有着制汤的看家本领，故苏州的餐饮业中，汤品种类丰富、清新秀逸，款款口味非凡，各家也都有脍炙人口的明星单品。《清稗类钞》一书曾将苏州菜馔列为全国十大肴馔风味流派之一，明确标示了吴馔的地位，这其中汤菜自然功不可没。

黄老师一边喝着汤一边说道：『这碗酱油汤是我早期在法国勤工俭学时，与许多中国留学生常喝的汤，我们喜欢称它为「法国玻璃汤」。今天我俩喝的这碗汤，香浓程度已是我在法国吃到的汤的好几倍了……』

一碗酱油汤

我是热爱游历四方、追逐美食的人。出门在外，总有一些志同道合的友人爱称我为“美食家”，我总要说：“我是从小吃酱油汤长大的人，成不了美食家。”可他们总不信。

说起这碗酱油汤，倒是碗简单到不能再简单的汤。现代人们意识里的汤，总归要有料、有菜，更要有味。而那时的酱油汤无料也无菜，只有些许咸味，苏州人称为“赤膊落汤”。从前苏州人家中的酱油汤，仅是用一勺酱油倒入碗中，撒上少许盐粒，浇上点油，用开水一冲便成了。严格来说，这碗汤与水仅差那么一点点咸味和几粒油花，把它说成汤也是有点打趣的意思。在那个年月，酱油汤家家户户都能做，是居家过日子餐桌上的主力军。上了点年纪的苏州人，小时候大都吃过这碗汤。

酱油汤没有至高无上的光环，也没有响亮的名字，但这碗汤却伴随了几代人的成长。在缺衣少食的困难时期，百姓吃饭常无菜可佐，总要靠这碗酱油汤配饭。有人说："冲酱油汤得用猪油才香。"话虽如此，可在那个荤腥难觅的年代，哪来的猪油呀？能滴几滴菜油已不错了。

在那个食品极度稀缺的年代，粮油等主要食品实行的都是配给制，而且数量被严格控制。彼时，我正处在青少年长身体的时候，没有什么东西可吃，吃酱油汤就是常有的事。像我家中，父母双职工，有时放学回家，我得自己动手，冲碗酱油汤配饭吃。偶尔，厨房有早晨余下的根把油条，就拿来撕成几小段，放在酱油汤中一起吃，就像吃了一顿大餐了。最经常的吃法，还是在白饭中倒点酱油、滴入几滴油就拌着吃了。说来让人难以相信，有时我连酱油汤都难以吃到……可以说，这碗酱油汤伴随着我成长，在我的记忆中留下刻骨铭心的画面。

我常把酱油汤叫"法国玻璃汤"，这样好听的名字倒不是我起的。这个雅称起源于我就读初中的年代。当时，有一位姓黄的老师教我们班地理课，他是一位留法的大学毕业生，教书有方，远近闻名，又关心学生，我们班上的同学都爱上他的地理课。每逢春游、秋游，他都主动带我们去城郊，周游于山水之间，在欢快轻松的游览过程中讲解地理知识，同学们听得认真，也记得牢固。这种授课于娱游之间的形式，令我至今难以忘怀。

有次，我与黄老师同去学校食堂吃午饭。那时食堂无菜供应，饭也是要自己带着去蒸的。那日，我带了两块榨菜，黄老师则带着几块萝卜干，我俩同坐一桌。不久，他起身去倒了点开水，冲了一碗滚烫的酱油汤。那碗汤呈酱红色，汤清透底，上面漂荡着朵朵油花，透着玻璃一样的晶莹光泽，闻之还有点油香扑鼻之感。黄老师特地分给我一小碗，这真让我感动不已。我喝上一口，温热熨帖，真没想到，世上还有这样可口鲜美的汤，顿时食欲大开。现在回想，正是这碗朴素的酱油汤开启了我对鲜味的认知大门。

黄老师一边喝着汤一边说道："这碗酱油汤是我早期在法国勤工俭学时，与许多中国留学生常喝的汤，我们喜欢称它为'法国玻璃汤'。今天我俩喝的这碗汤，香浓程度已是我在法国吃到的汤的好几倍了。你看汤里的那一坨猪油、几滴香油，都是亲属从香港寄给我的，今天正好带来。所以这碗汤呀，你要多尝尝。"那天，那碗"法国玻璃汤"真让我吃出了味道，又牢牢地记住了名字。时至今日，几十年过去了，那天喝汤的情景还历历在目，那口汤的味道还留存在我心间。

前阵子，全家因疫情都"宅"在家中，买菜烧饭也变得很不方便，生活似乎有些困顿感，我便想起那碗"法国玻璃汤"了。一天，我在家人面前说道："今天中午我来做一碗'法国玻璃汤'给你们尝尝。"他们都满怀激情，盼吃法国大餐。到了中午吃饭时，我把这碗酱油汤端上餐桌后，家里人都惊讶不已，大失所望的眼神似乎在问："这也叫汤呀?!"我便把这碗汤的渊源及那个时代的一些故事说给他们听，并把那碗汤分给他们每人一小碗。

我问我的老伴，这汤味道怎么样？她答曰："蛮好，这是老味道。"我问儿子口味如何，他说道："味道还好。"我再问孙女："你吃得如何？"她说："难吃，一般般……"家中人回答得自然淡定，都对应着他们各自的人生阅历。我老伴与我是同时代的人，我们都是从劳动人民的家里成长起来的人，小时候也常吃酱油汤，她与我一样，忘不了这汤的滋味；我儿子小的时候，也偶尔吃过酱油汤，不过他成长的时代，在那碗汤的旁边，还有一份蛋炒饭；我孙女是新时代的人，她对这碗汤是无从想象的，所以压根不能理解，这为何能算是汤。

其实，这碗酱油汤在用料上已比过去提升了几个档次了，我用了虾子酱油，又加上猪油、香油、蒜叶等，仍依旧法用开水冲成。不过按照今天的口味，说到底也只是有些酱香、油香、蒜香的气息，实在谈不上有什么好的滋味。但是，那日我做“法国玻璃汤”，目的本不在吃菜尝味，而在于还原吃食的生活本意，让大家增强在疫情中坚守的信心，不忘艰难时期的生活，传承艰苦奋斗的家风。

这碗酱油汤呀，现在的人们是不会常去喝了，然而对我来说，这碗汤难以忘怀，滋味永存心中。

苏州人常说的『吃点点心』这句话，总带着轻盈的语气。从这些吃食里，人们总能领略到苏州人对美好生活的企盼，也能感受到苏州人处世的态度，更能体察到吴地深厚的饮食文化。

老苏州点心店

旧时苏州是一座典型的消费型城市，各种吃食、点心铺门类众多，店家遍布于大街小巷，点心品种亦多如繁花，形态更是变化万千，能从早起吃到夜里不重样。苏州人常说的“吃点点心”这句话，总带着轻盈的语气。从这些吃食里，人们总能领略到苏州人对美好生活的企盼，也能感受到苏州人处世的态度，更能体察到吴地深厚的饮食文化。苏州人制作各类点心从不马虎，选料、制作、装盒都有一套规范，被外地人评价为“做得精、吃得细”。

那时的苏州点心店，除去那些走街串巷、提篮叫卖的与临设摊点，大致可分为五种类型：其一，面店；其二，糕团店；其三，馄饨店；其四，粥店；其五，饼馒店。这些店家各自都有主打的点心品种，有时也有一些交叉，但都能恪守经营之道，自成一体。那时点心店门面都不算大，有的甚至有些“袖珍”，但不论门面大小，各家都用心经营，又能根据消费者的生活习惯和时令需求及时调整，以方便居民购买，因而每天的供应量和销量很大。

苏州的这些点心，为人民群众的生活起居服务，又迎合着苏州人闲适淡漫的生活方式，款款精致新鲜，散发着街巷深处的烟火气息。那糯中带甜的口味、淡雅鲜灵的形态，正是苏州城的气质写照。这五个行业内的名店，其主打起家的产品大都是普通到不能再普通的点心面食，质量、口味却都超一流。这些经典的点心品种，深受那时消费者的喜爱，也传承了一代人的口味记忆。

一、正山门旁观振兴面馆的阳春面

苏州的点心行业中，首屈一指的是苏州面馆。面馆一般供应各式汤面，如焖肉大面、爆鱼面、虾仁面、鳝丝面等，有的店配有各式炒面、炒年糕等，还有旧时称“件头”的如各式小笼、鲜肉大包、紧酵馒头等供应。一般面店只做早市、午市，有些店家地处闹市中心，知名度高，便实行全日供应。早上顾客以居民和上班职工居多，中午多为进城的农民、游客及烧香客。晚上，影剧场、书场等娱乐场所散场后，也有许多顾客慕名前来品吃。据统计，仅在1948年，苏州城里城外面馆就多达八十九户。

苏州面馆行业中，“观振兴”尤为著名。该店始创于清同治三年（1864），原名为观正兴，地处观前街闹市中心，玄妙观正山门旁，是一家较有影响力的大面馆，后迁至正山门斜对面。店里除早上、中午营业外，还做夜市，几十年如一日供应各色汤面，配有众多炒浇，每天供应品种多达三四十种，尤以葱油蹄髈面、焖肉面、鳝丝面等花色面较为著名。苏式炒面、两面黄、菠菜肉丝炒面等均是该店的看家品种。但该店最具影响力且深受百姓喜爱的，却是那一碗名不见经传的阳春面。

在苏州，阳春面被称为“百面之母”。阳春面其实就是光面，在光面上加上一块肉就称为肉面，加上块爆鱼就称鱼面。光面经济实惠，既可吃饱肚皮又能解馋。那时进城到玄妙观的烧香客、到菜场卖菜的农民以及附近居民等均是到观振兴吃阳春面的常客。观振兴的阳春面制作精良，尤其汤水鲜香，口味突出。那一碗阳春面采用青边花纹大口瓷碗，那碗面汤油清水足，蒜叶翠绿，面条洁白，呈鲫鱼背状，宽汤长面，色泽亮丽。端到桌上，香气四溢，俗称有“冲头势”，真格好看又好吃。在苏州，不管哪家面店，能把这碗“百面之母”做好了，其他面自然就不会差到哪儿去了。

二、观前街黄天源糕团店的蜜糕

苏州是从农耕社会发展起来的城市，地处太湖之畔，四郊农村种植水稻有六千多年的历史。以稻米为原料，衍生出利用糯粉、粳粉制作各色糕团。这些糕团又结合农时先人的生活习俗，又经历代大厨精心制作，发展成为具有地方风味特色的食品品种，历史悠久，闻名遐迩。

旧时苏州糕团店供应的糕团品种多达上百种，又各具花色，甜咸皆备，味美可口。民间有顺口溜说道：“猪油糕，油得妙；黄松糕，吃得饱；定胜糕，式样好；百果蜜糕，甜得俏……”那时的糕团店除供应糕团外，另配有一些小吃品种，如焐熟藕、藕粉圆子、绿豆汤、百合汤、桂花糖芋艿、糖油山芋等。这些小吃按季推出，各有妙处，风味独特。

在苏州糕团行业中，真正能统领行业发展的，彼时称为糕团行业“一正梁”的，便是黄天源糕团店了。这家创始于清道光年间的糕团店，以用料讲究、制作精良著称，每天上柜供应的糕团品种多达四五十种，一年二十四个节气各有对应的糕团上市，糕团品种繁多、不胜枚举。

苏州人喜食糕团，尤爱品吃甜口的糕团。黄天源创制的百果蜜糕，一直是老苏州人追逐品吃的糕点。这块糕采用粳粉、糯粉，按一定比例配置，又分红、白两种。糕中糅进众多果仁，如核桃仁、瓜子仁、红绿蜜饯、瓜肉等。若加入一些红曲粉，糕体即成红色。待到蒸制成型，切块上柜供应。这块百果蜜糕色泽缤纷，如同五色油彩抹身，口感软糯细甜，被称为糕中皇后，成为苏州的糕团代表。这块蜜糕曾风靡一时，连茶食糖果店里也会仿照供应，但制作方式不同，各有特色。

蜜糕是老苏州人心中挥之不去的念想，这念想常能驱动脚步，让人走进黄天源购买百果蜜糕，因为这糕糯在口、甜在心，果仁香、回味长。有些常吃此糕的老苏州人买此糕时，总欢喜挑选糕头、两边的糕，因为在那里聚集的果仁最多，油水也足。老苏州人吃糕不仅是为了饱口福，心中还念着种种美好寓意。这糕有生活高高兴兴、甜甜蜜蜜的寓意，真乃在一块糕里吃出了新境界！

三、山塘街里荣阳楼的鲜肉小馄饨

北方人习惯吃水饺，南方人尤其苏州人，习惯吃馄饨。旧时的苏州，大街小巷到处都散布着馄饨店。相对面来说，馄饨制作较为简单，投入不大。一般馄饨店都是夫妻老婆店，较大的店才会用一至两名帮工。民国二十六年（1937），苏州城有馄饨店百余家，可见当时馄饨店在苏州的盛况。在百姓生活里，馄饨经济实惠，既可当作正餐，也可当作点心吃。一般馄饨店只供应大馄饨、小馄饨，一些较大的馄饨店除供应馄饨外，也会有汤团、水饺、春卷、烧卖等小吃品种供应。

地处阊门外山塘街里的荣阳楼，是苏城馄饨店中的佼佼者。那时山塘街是苏州一条商业繁华的主要街道，商贾云集，且是去虎丘游玩的必经之地。荣阳楼生意红火，每日顾客盈门。店中除馄饨之外，还有多种小食品供应，如汤团、春卷、油墩、糕团、小笼等各种甜咸小食。最著名的要数那碗鲜肉小馄饨。鲜肉小馄饨可称为馄饨中的工薪族。十来只小馄饨为一碗，馅心仅一点鲜肉，但汤水鲜美，用的是鸡骨、猪骨等熬制成的高汤，盛放在青边大口碗中，馄饨只只鲜灵活跳，馄饨皮透着玉色，馅心一点红，汤水满满，鲜美无比。小馄饨一直深受老苏州人的喜爱，他们时不时会迈进店里吃上一碗。相对小孩子们特别喜欢的荠菜肉大馄饨、三鲜大馄饨来说，这一碗鲜肉小馄饨价格亲民，真是价廉物美的点心。

四、大马路上卫生粥店的白粥

苏州地处江南，盛产各种优质大米。苏州人历来都以米饭、粥为主食，吃粥已成为苏州人的生活习俗。苏州饮食史上早有记载，吴人喜食菜粥、南瓜粥、赤豆粥、荷叶粥、莲心粥等，还有口数粥、腊八粥等民俗节日时吃的粥，不胜枚举，故而大小不等的粥店、粥铺也应运而生。吴地药膳里，爱把粥做成滋补佳品。民间也信服吃粥有益气祛寒、养脾胃等功能。苏州人爱吃粥，把吃粥当作一种生活上的享受。旧时苏州粥店，都用地产香粳米为原材料，早晚供应。粥主要有甜、咸两种口味，但品种众多。除供应粥以外，这些粥店还兼售各种粽子，如火腿粽、灰汤粽、豆沙粽、鲜肉粽子等，包括苏州著名的白水粽也常有出售，不过白水粽吃时要蘸着白糖、玫瑰酱相配。

地处阊门鸭黛桥堍的卫生粥店，是那时苏州较大的一家粥店，日常供应的粥多达十来种，甜咸皆备。这家店最受人们欢迎的，却是一碗普通白粥。这碗白粥用上等粳米熬制，米白汤稠、香气扑鼻。另配多种粥菜，如咸鸭蛋、豆瓣、花生、雪菜、腐乳、油条、萝卜干等，另备有些小食、小炒任由顾客挑选。这家店老板心中总装着百姓，盛夏时供应绿豆粥，冬季则供应赤豆粥，随时令调整品种。那时吃粥都用青边大碗。一碗下去，身心舒畅。冬季喝一碗热粥更觉全身暖热。附近一些居民常会拿着锅碗到店买回家吃。这碗白粥普通简单，人人吃得起，能普惠到千家万户。在缺衣少食、经济困难的年代，这碗粥还是不少苏州人的向往呢。卫生粥店虽是一家粥店，质量把控却一点也不马虎。难能可贵的是这家店长时期坚持二十四小时供应，只为服务更多群体。总有一些外地来苏的旅客深夜抵达，奔波之余能吃到这样一碗价廉物美的粥，不禁要感谢店家的贴心服务。其实感谢的也不仅是这家粥店，更是苏州这座有温度的城市。

五、醋坊桥堍新春饼馒店的老虎脚爪

大饼油条的配搭由来已久，是苏州十分大众化的点心。在行业归类上，大饼油条店属饼馒行业。由于饼馒店设施简单，只需备有一只烘炉、一只油锅、一块桌板而已，品种又以大饼油条为主，所以店面不需要太大，甚至常见在街口拐角屋檐之下搭棚设摊的，但每天顾客对大饼油条的需求量却十分大。一副大饼油条，油水碳水充足，可谓是最实惠的早餐了，因此饼馒店遍布苏城。

据相关记载，在1955年，苏州城里饼馒店（摊）有近五百户，从业人员近千人。这类饼馒店每天只做两个市头，一般早晨以供应大饼油条为主，下午开始供应馓子、绞连棒、炝饼、蟹壳黄、麻团、油饼等。

旧时苏州，有的饼馒店也附设在茶馆内。那时苏州茶馆林立，茶客众多，吃食饼馒点心的人也多，生意十分红火。苏城著名的吴苑深处茶馆，门口就有饼馒店。阊门外“长安茶馆”南边就是“王云记”饼馒店。这些门店随茶馆营业时间调整供应各种饼馒吃食，常见的有馓子、蟹壳黄、葱油大饼、生煎馒头等，都脍炙人口。

在这许多饼馒店中，有一家新春饼馒店地处观前街东首、醋坊桥堍，深受顾客欢迎，远近闻名。该店供应大饼油条，斤两足、口味好，从不马虎。尤其是该店供应的油酥大饼，有白糖猪油、玫瑰猪油、香葱猪油等品种，操作严格、配料齐整、发面精准、烘烤到位，出炉时大饼香气四溢，饼上芝麻饱满、粒粒金黄。一饼一团油酥，现做现烘现卖，不少居民特地赶来品尝，吃后还要再买些带回家。别处饼馒店的大饼都是常规圆形、椭圆形的，有甜、咸两种；这家店的常规大饼不断更换形态，有时大饼做成三角形，有时还会做成长条形，称为“朝板大饼”，有味有趣，深受顾客欢迎。

新春饼馒店供应的最有特色的是“老虎脚爪”。可能现在的孩子们都不知“老虎脚爪”为何物。其实这也是一种发面饼，只是做成有大小错落、多角触出的面团，在火炉中烘烤后虚发涨开，出炉后色泽金黄、憨态可掬、皮脆香甜，因形如老虎脚爪而得名。尤其这饼有一股焦糖香气，令人吃后难忘。老虎脚爪的制作费工费时，烘烤要求高，但售价低廉，仅几分钱一只，近年来渐渐淡出市场，但一些老苏州人还常惦记着这款儿时点心。

阳春面、蜜糕、小馄饨、白粥、老虎脚爪这些普通点心，虽然价格低廉，但品高质优，与人们的生活紧密相连，有着不同历史阶段带来的不同风味特色，讲述着当时苏州社会经济的发展情况及百姓的生活需求，直至今日还令人们念念不忘。

今非昔比。如今，苏州的老牌点心店正在不断壮大，各家的产品也在升级换代。但不管如何发展，都不能忘记服务百姓的初心；不管产品如何升级，都不能轻易更替起家时的招牌主打。旧时那些点心，现在看来或许是价格低廉、微不足道的，但其内里有饮食的根基，饱含着百姓对美好生活的企盼。

苏州一年四季，十二个月对应吃十二条鱼，每一种鱼又有多达数十种做法。其实苏州的鱼肴品种还远不止这些，另有河鲜、江鲜、海鲜成百上千个鱼品。

吴地鱼肴

鱼肴即鱼类菜肴。翻开苏州人的菜谱，三分之一的菜品都是鱼类菜肴，其中不乏传统经典名菜。这些名菜可谓苏帮菜中的“重头戏”！

有着两千五百多年历史的姑苏城，地处长江下游，滨湖近海，水清土饶，谓鱼米之乡。众多河道、湿地、湖泊，连通着江海，其水产资源十分充足。苏帮菜肴尤以鱼馔为荣。姑苏的“苏”，繁体字写作“蘇”，“草”字当头，一半为鱼，一半为禾，印证苏州乃富饶之地。古代苏州地区称吴地，而苏州方言中“吴”与“鱼”读音相同，另有吴（鱼）门桥、吴（鱼）趋坊，苏州方言中，“小姑娘”称“小娘鱼”……都与鱼有关。也有人说苏州城也是因鱼而诞生的，此鱼即春秋时“专诸刺王僚”夺取政权时使用的“炙鱼”。《吕氏春秋》云：“鱼之美者，洞庭之鱄。”西晋吴人张翰因秋风起，忆菰菜莼鲈，辞官回家，引出了“莼鲈之思”的典故。五代时吴地有“玲珑牡丹鲊”，用鱼叶做成，微红如初开牡丹花，声名远扬。唐代白居易诗云“就荷叶上包鱼鲊”，清香鲜美。明代《云林堂饮食制度集》记有“鲫鱼肚儿羹”，鱼肉像蝴蝶一样，肥腴鲜美，生动活泼。另有煮鲤鱼等多款鱼肴菜记录，显示出吴地鱼肴品种之丰富。清代袁枚《随园食单》记载吴地特有水食品“班鱼”（鲃鱼），剥皮去秽，分肝肉二种，鸡汤煨之，鲜美无比，这就是著名的鲃肺汤。历史典故中另有众多有关吴地鱼肴类菜品的记录。有人总结苏州人食鱼：春有刀鲚河豚，夏烹黄鱼鲥鱼，秋品银鲈紫蟹，冬享蜜腊拖油鲟骨鲊。叙述吴地一年四季鱼肴之胜景。故后人常说“吴地产鱼”“吴人善食鱼”“吴人善治鱼”。清代黄兆麟有《苏台竹枝词》云：“舵楼小妹调羹惯，烹得霜鳞奉客尝。”描述的是来苏的客人品尝苏州鱼肴时的情景。

总之鱼（包括江海其他水产）肴在姑苏美食中占有特殊地位。苏州鱼类资源丰富，各色鱼肴适应高、中、低多层次的消费。许多鱼馔有典故，有来历。在食客的追寻中，在文人墨客的耕耘里，在厨艺的传授道路上，一道道鱼肴在餐桌上呈现，形成了一种“鱼文化”。

苏州文人包天笑先生在《衣食住行的百年变迁》一书中曾说：“江南本属水乡，而且在太湖流域，鱼类即多，洗手作羹，他乡恐无此鲜味呢。”苏州人烧鱼的方法也多种多样，红烧、清蒸、油炸、热炝、氽汤、做羹、干烧、油煎、烧烤等，不论哪种做法，在选择制法之时都应看鱼的品种，都十分讲究。苏州的大厨心灵手巧，都是制作鱼肴的一等高手，老一辈厨师传承至今的经典鱼肴数不胜数。一般来说，鲜活的鱼鱼肉细嫩，采用清蒸为好。清蒸能使其鱼肉中的鲜嫩口感呈现出来，如著名的清蒸刀鱼、网包鲥鱼、火夹鳜鱼、酿蒸白鱼等；家常菜以红烧鱼为主，如红烧黄鱼、红烧鳊鱼、老烧鲤鱼等；用鲜活鱼汆汤又是一道美味，在姑苏，常见的鱼汤有鲫鱼汤、汆正塘、煮糟砂锅鱼头汤（鲢鱼头）等，用昂刺鱼、黑鱼做鱼汤，也是上好的选择；油汆类鱼菜，在苏州亦有很多，如爆鱼（青鱼）、松鼠鳜鱼、芝麻鱼排、油汆鳘鲦鱼、苏式爆鳝等；熘炒类鱼肴更多，如生炒鳝片、糟熘鱼片、炒蟹鲃等。总之，做鱼时要看鱼的品种及鲜活度，另得根据自己的爱好而取舍。

苏州人吃鱼，具有一流的“口技”：有“字正腔圆”的嘴巴，有“巧舌如簧”的舌尖，还有满口“伶牙俐齿”。能吃、会讲，吃鱼吃得干净，再多的鱼刺在苏州人口中都能机械式地一一被剔出，苏州人吃鱼的功夫好似是与生俱来的。鱼有多刺，部分江鲜，如白鱼、刀鱼、鲥鱼等，鱼刺小而密，但鱼肉味道特别鲜美。苏州人吃鱼有要领：吃鱼时不能多讲话，得专心地一口一口啜、一口一口抿、一口一口咽。要吃美味鱼肴，也得先练好嘴上功夫。

苏州人吃鱼还要看鱼的品种，分部位来吃。吃得“门槛精”的人，专挑选鱼中最精致的部位分段品吃，认为这才是最佳的选择。厨师也会按食客要求分段分部位烹制出各种鱼肴。苏州人常说：鲢鱼吃“鱼头”，青鱼吃“尾巴”，河豚鱼吃“鱼皮”，刀鱼吃“鱼骨”，鲫鱼吃“鱼舌”，鲥鱼吃“鱼鳞”，鲃鱼吃“鱼肝”，白鱼吃“背肉”，塘鳢鱼吃“面敦肉”，草鱼吃“肚档”，黄鱼吃“鱼肚”，鳜鱼吃“鱼肚花”，螺蛳鲭鱼吃“鱼肠”，鲤鱼吃“鱼子”，等等。另有一些俗成吃法，如银鱼须炒蛋，梅鲚鱼做鱼饼，塘黑鱼要汆汤，老甲鱼定红烧，鱼头配着粉皮烧，雪菜配着什鱼烧，萝卜配着鳊鱼烧，等等。另有一些鱼被做成风鱼、糟鱼等，可以一直吃到来年。多年前在某大师工作室，烹饪大师聚在一起，共同研发、烹制出历史上经典鱼肴，用太湖激浪鱼等食材做成“吴羹”，用鲇鱼等制作出“鱼脍”，用雪鱼制作出“牡丹鱼鲊”，等等。这些鱼肴，一经推出，食客们即蜂拥而至。

苏州人如此吃鱼还不算数，遵循“不时不食”传统的苏州人，吃鱼对应着季节，顺应着月份。全年十二个月，对应着有十二道鱼肴，吃应时鱼，一鱼一味，也是对食材的一种尊重。对于苏州人来说，吃鱼是一种生活态度，又是一种情怀。

农历正月始食塘鳢鱼。苏州人对塘鳢鱼似乎有着特别的好感，总等待每年春天油菜花开时尝吃此鱼。一款“糟熘塘片”一直深深打动着每一位食客。

春时，取塘鳢鱼身上两片鱼肉，浆搭后在油锅中熘过捞出，锅中加入调味汁（糟油等），透起倒入鱼片，颠翻后淋上几滴麻油出锅。鱼片鲜嫩洁白，透着糟香，吃过此鱼的人都会直呼“灵光”。

二月鳜鱼。在苏州吃鱼总绕不过松鼠鳜鱼。此鱼肴隐隐约约带着几千年前吴地“炙鱼”的风范，相传乾隆下江南吃过此鱼。鱼去骨、剞花、扑粉、油炸、挂卤，形如松鼠，且吱吱有声。那口甜酸味，颇具国际流行的味道，实乃苏帮菜中首席名菜、最能代表苏州的鱼肴，影响力极大。

三月甲鱼，俗称脚鱼、团鱼、元鱼等。《诗经》有“包鳖脍鲤”之说。甲鱼菜肴有滋补功能，被视为珍馐。苏州具有代表性的甲鱼菜肴有白汁元菜。甲鱼宰杀、洗净、去黑膜、打块，入锅加调料，烧至酥烂。此菜烧制过程中配料为笋块、山药块，调味料必用“肥膘丁”、冰糖等。成品卤汁稠浓，如乳欲凝，裙边明润，香软鲜洁。食时进口略咸，收口甜鲜。这道菜是苏州传统名菜，那口甜是苏州菜的荣光。

四月鲥鱼。鲥鱼为长江三鲜之一，被誉为“鱼中之王”。鲥鱼春末夏初登场，溯江而上。苏州人制作鲥鱼，珍视其品，尤重视鳞，宰杀时尤为小心，去肠不去鳞，故而采用网包鲥鱼之法，即用猪网油包裹鲥鱼清蒸，确保鲥鱼“真味”不外溢，鱼鳞完整。此鱼肴鲜美异常，鱼鳞肥腴，美不胜收。

五月白鱼。白鱼是淡水鱼中的珍品，“出太湖者胜”。吃白鱼，苏州人自有一套办法：将白鱼斩杀洗净，用盐腌制数小时，鱼身用重物压实，食时清蒸，撒上刚上市的鲜虾子。成品后，白鱼肉如蒜瓣，细嫩鲜美，味如蟹肉，让人食之放不下筷。在虾子催动下，更加鲜美。用白鱼制成鱼圆，与鲜莼菜配在一起做成汤菜，为吴地名肴矣。

六月鳊鱼。苏州水网纵横，所产清水大鳊鱼数量多。此鱼头小体宽，肉质肥嫩。鳊鱼以红烧为佳，可配以黄花菜、木耳等：将鱼斩杀洗净，在大锅里两面煎黄，后加作料，红烧成品，色泽枣红，鱼身略显黄色，卤汁紧收，鱼香四溢，肉质鲜嫩，收口略带一丝甜味。吃上一口，甜味直抵心田。

七月河鳗。苏州鳗鱼菜，名闻遐迩，有黄焖河鳗、冰糖河鳗、清炖河鳗、粉蒸河鳗等。鳗鱼肉质细腻，肥腴鲜美，营养价值甚高。在苏州，那款水晶河鳗一直受食客追捧。鳗鱼斩杀时不破肚，用筷子卷去内脏，去头去尾，洗净切段，鳗鱼段里分别塞入“糖猪油丁”，采用类似黄焖鳗烧法烹之。出品时，鳗段呈酱红色，鱼汁包紧鳗段，鳗段内猪油丁晶莹，鳗肉洁白，口味咸中带甜。那魔法般的味道，让人终生难忘。

八月鲃鱼。此鱼为苏州特产鱼之一，鱼虽小，实为名贵之物，每年秋天桂花开时出现。桂花谢时，鱼去得无影无踪。文献中，此鱼常被称为"斑鱼"。此鱼鱼肝极为难得，被称作水中"软黄金"，著名的鲃肺汤即靠此物。而在苏州吃此鱼另有一款时令名菜，即炒蟹鲃。秋时湖蟹上市，用新鲜蟹粉与鲃鱼肉、鲃鱼肝同炒，其味妙不可言，错过这季等一年。

九月鲫鱼。鲫鱼，淡水鱼之一。苏州太湖水质优良，鲫鱼尤其出众，苏州食谱中以秋时鲫鱼为最鲜美。《随园食单》记蒸食："得真味。"而在吴地，最家常的烹制法即用雪里蕻与鲫鱼一起红烧，宽汤结冻，可佐酒、佐粥，鲜美至极。食之大有"人间烟火气，最抚凡人心"之感。

十月草鱼。草鱼是淡水鱼中属大鱼的一类鱼，深秋冬后草鱼最肥美。苏州人喜欢将草鱼斩杀洗净、打片，在调味料中浸渍数小时，在油锅中炸熟取出，在锅中倒入渍鱼原汁及调料，用文火烧热，放入刚炸好的鱼块，使其吸上汤汁，出锅装盆即是苏州著名的"爆鱼"。苏式汤面中爆鱼面的浇头亦来源于此鱼肴。鱼肉鲜嫩，外香略脆，具有咸中带甜的口感。

十一月鲢鱼。鲢鱼俗称"胖头鱼"，食用时以鱼头为佳。此鱼又分为花鲢与白鲢两种，苏州人常用花鲢鱼头煮汤，与粉皮或豆腐在砂锅中同烧，有时加入些辣椒，称"辣汁鲢鱼头"，还得趁热吃。鲢鱼头中，下巴处有一菱形鱼骨，称"鱼仙人"，苏州人常常在吃鱼头时将其挑出来，让其自由下落，观其能否立直，相传"鱼仙人"立直会带来好运。在苏州，吃鱼也吃出情趣来了。

十二月鲭鱼。年终，鲭鱼对苏州人来说特别重要，每家每户都得备上几条，鱼多时还用盐腌制起来，过年后吃的风鱼就是此鱼。苏州人吃年夜饭也必有此鱼，寓意是年年有余。经典吃法是将鲭鱼洗净打段，略腌制，再抹上苏州特有的“糟”，压紧加盖，放置一天两夜即可食用，煮汤、红烧皆可。成品后鱼肉紧实、鲜美，糟香扑鼻，瘦美不腻。鲭鱼另有许多吃法，如鲭鱼划水、菊花鲭鱼、鲭鱼头尾等，连用鲭鱼鱼肠鱼肝做成的“卷菜”都一直是老食客惦记的名菜。

苏州一年四季，十二个月对应吃十二条鱼，每一种鱼又有多达数十种做法。其实苏州的鱼肴品种还远不止这些，另有河鲜、江鲜、海鲜成百上千个鱼品。充足的水产品丰富着苏州人的餐桌，用鱼肉、鱼茸等做成的各类点心更是数不胜数，使苏州人的生活过得多姿多彩。苏州人从小就会吃鱼。鱼类营养丰富，科学分析说：多食鱼类，补充大脑营养，人会变聪明。难怪这里文人学者层出不穷。姑苏真乃风水宝地，物产丰富、人杰地灵，是一个适宜人居住的城市。

谁能烹魚

潘祖荫虽长期生活在北京，骨子里却还是有苏州人对烹饪精细、地道的要求，而家厨又经验丰富，加之在宴请中不断听取友人意见，其间融会贯通、不断提升，潘鱼一菜终成名馔，在京城的上层圈子里流行开来。

潘鱼

潘鱼是一道北京名菜，而创造这道名馔的却是晚清大官苏州人潘祖荫。

在中国的烹饪历史上，大凡有些名气的菜点几乎都与文人墨客、达官显贵等有所联系。有的菜品会直接用人名命名，如以喜吃肉又擅制肉的大文豪苏东坡之名命名的“东坡肉”、明文学家陈继儒（号眉公）喜食的“眉公饼”，又如元代诗人、画家、江南名人倪云林所创的烧鹅“云林鹅”，以及唐代名家陆龟蒙（号甫里）所做的那道鸭肴“甫里鸭羹”，等等，不胜枚举。名人推动着名菜的诞生，名菜也总与名人联系在一起，有的已成掌故，流传至今。

清末民初，北京有家名店叫广和居，原址在北京宣武门外菜市口西路的南北半截胡同里。广和居虽店面不大，却赫赫有名。该店创于清道光年间，专为宣南士大夫所设，是当时京城朝觐文宴之地，王公贵族、文人雅士云集，食客盈门。

广和居菜肴做得地道，服务又上乘，口碑甚佳。店内最有名气的一道菜叫“潘鱼”，不少食客都是冲着这条潘鱼来的。潘鱼的制作要辅以虾米、香菇。因虾米别称“金钩”，故此菜又名“金钩钓鱼”。

潘家乃苏州名门，家大业大，又是官宦世家，旧时称“贵潘”。潘祖荫的祖父潘世恩是乾隆癸丑科状元，其父亲潘曾绶官至内阁侍读，他则由翰林院编修做到了工部尚书。潘祖荫好金石文字，又好收藏，他“幼好学，涉猎百家。尤喜搜罗善本书，金石碑版之属”。同时，潘祖荫也是一位美食家，他常在京城府邸中宴请文人雅士。对此，《清稗类钞》一书中也有所记载。

“吴人善治鱼，吴人善食鱼。”苏州本就为鱼米之乡，吴地人民对吃食自有一套要求，尤其对吃鱼，几乎家家都有绝活，烹饪特色极其鲜明。古人云：“君子远庖厨。”潘大官人身份尊贵，必不会亲自下厨做鱼，想来这道潘鱼必然是由他从苏州带来的家厨，以主人对吃鱼的认知和想法为研发方向，凭着高超的手艺烹制而成的。

据说，潘祖荫设宴招待四方来客必用这道潘鱼，潘鱼的名声也在社会上逐渐传开。京城里的文人说：“潘大人所创的潘鱼是受‘鲜’字启发。”南方鱼，北方羊，合南北所嗜而兼备之，便是“鲜”（也有说法是南方鱼之“腥”加北方羊之“膻”合而为“鲜”）。潘鱼则是用江南的鲜活鲭鱼，又取蒙古羔羊煮成浓汤而弃骨肉不用，配以金钩虾米、香菇同煮，成菜鲜美异常。潘祖荫虽长期生活在北京，骨子里却还是有苏州人对烹饪精细、地道的要求，而家厨又经验丰富，加之在宴请中不断听取友人意见，其间融会贯通、不断提升，潘鱼一菜终成名馔，在京城的上层圈子里流行开来。

潘祖荫是资深食客，自然也常出入京城各大食肆，广和居就是他常去的地方之一。一来二去，他与店掌柜结为至交。这位潘大人又是热心肠的人，他把自己精心研发的这道潘鱼倾囊相授，久而久之，潘鱼一菜便成了广和居的当家名菜，并代代传承了下来。

广和居有了潘鱼这道名菜，生意蒸蒸日上，在许多重要的宴请中都有一席之地。其正宗的做法是：鱼必用从南方运来的鲭鱼，活杀现做，血水用干布擦拭，全程不碰生水。再下入羊羔高汤中同煮，除鱼头和鱼尾之外，整条鱼身浸没于乳白色的汤中。众宾客在食用这条鱼时，大多只用调羹喝汤而不吃鱼肉，直至席终，那鱼始终在碗里纹丝不动。面对如此佳肴而忍住不动筷者，都称得上真正食客。他们品的是这鱼羊汤的本味，享受着这条“潘鱼”给他们带来的快乐。这种吃法被称作“雅吃”。

百年广和居见证着时间的变迁，在二十世纪三十年代却因社会动荡闭门歇业。广和居的许多厨子因而转进同和居，自然也带着那条名闻遐迩的潘鱼。到了同和居，又经一番改良后，潘鱼变得更适合京城人的口味，连食用方法也不同了。原来的羊羔汤改为鸡汤、高汤、肉汤，而食潘鱼者再无不吃鱼肉只喝汤的雅客。相反，见鱼不动筷者倒称不上食客了。至此，潘鱼做法已全无潘祖荫的原意了。因地域物产，多数时间段里，京城的潘鱼是用鲤鱼做成的。后来，有的地方做潘鱼，鱼的种类不讲究了，也不再讲究要活杀。主用醋和胡椒汤来烧。有时，在京吃“醋椒鱼”也叫吃潘鱼了。

潘鱼的演变过程自有社会变迁和历史推动的原因，倒不必拘泥于是对是错、正宗与否。人的口味变化总能在吃食上体现出来，吃东西说到底还得与社会发展同步。有存在，就说明有需求。就像旧时清宫廷里由御厨张东官所创的苏灶肉（酱方），彼时掀起了一股热潮，但流入社会后，想要让广大民众都能吃得上、吃得起，也得放下“身段”改良烹饪方法，不多时原料就被较为廉价的猪头肉所替代。

历史会记住潘祖荫所研制的这道潘鱼，就像他费心收藏的那只大克鼎，现今仍屹立在上海博物馆内，表明他曾是一位了不起的收藏大家。潘鱼的故事也告诉人们，潘祖荫不仅是一位懂得生活的文人，更是一位热爱生活的美食家。

他常跟我说：『我人在美国，心总在苏州，老想回家乡过日子。』三雄弟在苏州爱好烧菜，手艺超群。家常菜点在他手下都变成了美味佳肴。

远去的三雄弟

三雄弟走了整整一个月了，这些日子里我每每想起他，脑海里总觉得他像是又去了一次美国，或是去了更远的地方，他还是要回来的。可是现实活生生告诉我，三雄弟在他人生驿站的终点下车了。他走得如此仓促，连一句告别话都没跟我说。但我与他的心灵感知让我知道，他有满肚子话想说。又或许他真的不想再说任何一句话了，因为在平时生活里他把该说的话都已说尽了，把他在人间要做的一切事都办妥了，故而他从容放心地去了。

三雄弟在我们兄妹中排行老三，父母因连生了三个男孩，故给他起名三雄，大名华三雄。1968年，他初中毕业，时逢上山下乡运动。那时我已插队到昆山巴城公社，我跟三雄弟说："你下乡跟我一起到昆山插队吧。"他却说："我要去农场的。"当时农场是兵团建制，每月有十多元工资。我说，你出身不好，去不了农场。他告诉我，他已与学校的军代表讲好了。不久他果然获批准去了苏北海安农场。没过几年，由于父亲的老友帮忙，他被调到兵团驻地淮阴市农场医院学习牙科，工作不久，又被安排到苏州第一人民医院口腔科实习半年，成了一名牙医。随后不久，上山下乡的知青根据政策可以返城了，他根据顶替政策，顶替我父亲到了苏州口腔医院工作。

他在口腔医院工作时，拿出在兵团时勤劳、肯干的工作作风，又悉心钻研技术，医疗业务水平蒸蒸日上，一下子成了医院的技术骨干，多年后当上苏州口腔医院副院长。他生性耿直，脾气倔强，平时总一本正经办事，做事认真地道，在医院里有口皆碑。他对待病人却是另一副样子，外冷内热，一片诚心。为了减轻病人在拔牙中的痛苦，他在医治过程中还常说些笑话，做到手到病除。一次一个实习医生为病人拔牙，病人大出血，实习医生一时慌了手脚。三雄弟知道后马上主动上前采取急救措施，情况得以控制，病人得到救治，感到宽慰。他得知病人是近郊一位农民后，主动将其送到家中，从此他俩成了一对好朋友。经过他医治的病人都对他留下良好的印象，大家都亲切地叫他“华院长”。他在医院里认真工作，取得了卓越成绩。上级领导对他也关怀备至，推荐他当上市政协委员，他多了一份参政议政工作。多年后他已到退休年龄，但仍留在医院，作为高级专家继续为人民服务。他一生的工作经历，可说是顺风顺水。经过自身努力，他最终成了一名事业有成的人民医生。

几年前，三雄弟一家获得去美国定居的“绿卡”，去了美国洛杉矶，在那里安家落户。但他常跟我说：“我人在美国，心总在苏州，老想回家乡过日子。”三雄弟在苏州爱好烧菜，手艺超群。家常菜点在他手下都变成了美味佳肴。在苏州，他时不时还去麻将馆搓搓麻将，那里有他的许多“麻友”。有时，他跟三五个好友吃饭、喝茶、聊天，生活有滋有味。到了美国，举目无亲，言语不通，除了做些家务、看管小孩外，唯一让他舒心的是抽烟，因而他烟瘾十足。这几年他们一家在美国、中国多次往返。我常说，你们赚些钱不易，都交给航空公司了。

今年三月初，三雄弟从美国洛杉矶回苏州了。他打来电话，说要到我家来看我。那日傍晚，他如约而至，叩开我家大门。尚未见面，就喊了一声“老兄呀”，那声调中带着一丝忧伤。我迎上前去，见我的三雄弟容貌清瘦，头发稀少，便打趣道：“你怎么快成秃子了？”落座后我给他沏上一杯碧螺春新茶，他吃得津津有味。他说起在美国家中的一些事，如外孙乐乐已上小学了，顽皮、天真，还讲英文。说到这里他露出欣慰的笑容。我们还相约月底一起去扫墓祭祖。

临近月底，正逢我的新书《苏州吃》发布。一天，我在慢书房签售新书，一些网站、报刊发布了相关信息。三雄弟知道后定要几本，他还特地通知我明日一同去扫墓。那晚他发一条信息给我，写道“明日带几本书给死”。那个“死”字触目惊心。我读此信息，想三雄弟一定是写错了，应该是“带几本书给我”。此事我也没放心上，就这样过去了。

那日去扫墓，我带上几本书，签上名送给三雄弟。他满心欢喜，那爱不释手的样子一直留在我脑海里。扫墓结束后，我们兄妹几家人同去镇湖豪门酒家吃饭。那日中午，酒店老板为我们安排的菜肴非常丰盛，菜点制作又十分可口，特别是太湖三白、经典红烧甲鱼、传统的美味酱方、时令马兰头等野菜，满是苏州味道。三雄弟多年来在美国，很久没吃到如此风味的家乡菜肴，吃得乐开了怀。我们兄妹几家难得聚在一起，都吃得心满意足。

扫墓回来后，隔天傍晚，我妹妹打来电话，急促地说："三雄今日病倒了，清晨出现不适，头晕恶心，并执意不肯去医院。病情拖到傍晚已十分严重，他神志渐渐不清，已不能走路了。"我当即说："马上叫救护车送至医院。"在弟妹等人的帮助下，三雄弟被送至医院，医生当即诊断为突发脑梗，开始了抢救程序。医生还说："你们送来可能已晚了一点，现在已无特效药物可救治。"

那几天，三雄弟一直躺在抢救室的病床上，处于昏迷状态，靠着插管吸氧输液维持生命。过了十多天，因医治无效，他撒手人寰。他突然发病，走得如此之快，叫所有亲朋好友都难以接受。有的朋友还等着他一起去太仓吃饭，有的已和他约好要一同出去旅游，就连他回苏州后常去的麻将馆的人都"三缺一"等着他呢！谁都不相信他真这样走了。

三雄弟走后的那些日子里，他的音容笑貌一直在我脑中浮现。有时我自责没有把他留住，若父母在世真难以交代。前几日翻开手机看到他发给我的最后一条信息，看到那句"带几本书给死"时我心中一酸：难道冥冥之中他告诉我他离死期不远了？我从前没有想到这点上来，也不可能想得这么多呀！

在静下心来时，我耳边时不时又响起他那声"老兄呀"的叫声，现在细细辨来，他的声音那样无助，像要诉说什么，或是想要向我求助，只是当时我浑然不知。

现在回想起这段时间发生的事，多像是他先知先觉，总想去关照我。人生无常，天意如此，兄弟情深，难得知音。他弃我远行，驾鹤西去，我只能泣涕涟涟。

2019 年 5 月 9 日写于山门巷南穹下

此刻忆起去年文瑜在青石弄里说的一句话：『此生我选择这样的生活，其实我的后世会更好。』

吃食里的陶文瑜

2019年12月3日，暮色四合，我正匆忙走在回家路上，突然手机响了。陶文瑜的学生苏眉发来信息：“陶老师走了……”霎时心中大惊，一阵心痛感随即涌了上来，眼前不禁模糊一片。彼时我已失去了回家的方向，呆在原地，转身在路旁石阶上坐了下来。虽然前几天就知文瑜处在弥留之际，但真正得此噩讯，我还是难以接受。文瑜呀，我与你还有多少事未了呀！那本《匠心》书还未完结出版，你向我约的几篇文稿我还未曾发你，年终约定的那几顿大餐还等着我们……你真是走得太早了一些呀！

陶文瑜是苏州著名的诗人、作家，又是一位懂吃的人。我们俩因为爱吃结了缘，又因喜食时常相聚。自陆文夫走后，那面苏州美食大旗便交到了文瑜手上。他在青石弄办杂志，又为苏州美食发展举旗呐喊，在山门巷烹饪协会里运筹帷幄，守护着苏州传统的美食。有人说我们俩人开启了苏州美食一个新的篇章，此话可能说得大了点，但也有点意思在里面。

文瑜总是开口闭口叫我“老恩师”，那股“着肉”的亲热劲，似乎有“恋父”的感觉，但他又是十分“自恋”的人，从不轻易称人为师。他曾对我说：“授知者称师，授业者称先生。”他并不想学烹饪做厨师，只是喜欢吃，尤爱与此行当里的人交朋友。他与许多饭店的老板、大厨都是朋友。称我为“老恩师”，我深知是对我的尊重，他还越发起劲，称我的弟子为师兄、师弟，那股亲切劲感人至深。他也如同进入了餐饮界的江湖里，并如鱼得水。

多年前，文瑜曾被聘为市烹饪协会顾问，他积极参加烹饪技术比赛活动，有时也做评委。有一年他与刘学家、吴涌根等苏州烹饪老前辈一起参加吴中区木渎举办的烹饪比赛，担任评委。他跟随这些前辈去“指点江山”，回来后底气十足地对朋友们夸耀自己在烹饪界的地位。另一次，我们组织了一个以吴涌根大师为首的考察团，对台湾同胞开设的“鼎泰丰”进行实地考察品吃，文瑜也在考察团内。吴大师是点心高手，席间对鼎泰丰制作的点心，尤其是汤包连加称赞，又拿苏式汤包与之比较，侃侃而谈，我们如上了一节白案培训课。事后文瑜说，当日“吃到了上佳汤包，又接受了白案知识，受益匪浅”。可见他对烹饪大师的尊重。

文瑜在吃食上自有一套标准，从来不会随波逐流，颇有文人才子“我行我素”的风范。他常称自己有三不吃：盒饭不吃，火锅不吃，农家菜不吃。一次，我特意约他一同去东山陆巷王阿姨家吃饭，想改变他对农家菜的看法。那次请吃，他意外地热情高涨，越吃越开心，对王阿姨做的油爆虾、红烧鳗鱼段、八宝饭、东山的雪饺等几味菜品尤其喜爱。食毕他对我说："真是高手在民间。"回去后他写了一篇《雪饺演义》发表在《苏州杂志》上，称赞王阿姨的手艺。

还有一次，文瑜的女弟子苏眉邀他到平江路试吃一家私房菜，他约上苏州书画家王锡麒等朋友同行，也叫上了我。那顿饭他似乎吃得不称心。因为严禁抽烟，文瑜烟瘾难熬。而那些中式风格不足，西式感又不鲜明的菜品，他似乎也并不受用。那顿饭还没吃完，他竟直接说道："这种菜东一榔头西一棒的，无啥吃头。"说完径直走了出去，到巷口买来一袋蟹壳黄分发给我们吃，说："还是蟹壳黄有味道。"弄得那位女店主及他自己的学生难堪不已。洒脱任性如此，也只有文瑜了。

说到底文瑜也是一位热心的人，他对厨师都十分尊重。有次我们组织一批文人、大师在得月楼里鉴赏四季宴，大家边吃边评。有一位自称"美食评论家"的人喋喋不休，对菜品批评得多，肯定得少。文瑜看在眼里，记在心里。他找准时机起身，对着被那位评论家刚批评过的一道菜慢条斯理地说道："让我说两句吧。此菜我倒认为蛮好，主要是口味好，另外装盘构思巧妙，能看出这位做菜厨师也蛮有想法，能突出主题。就像我们搞写作的，有种人写了半天不知道写些啥，只求程式、八股，人家又看不懂，有啥说头呢……"说罢他并不等回应，径直坐下。但是明眼人都知道，最后几句话多少有些说给那位"评论员"听的意思。说实在的，也只有文瑜能在这个场合这样"爱憎分明""针锋相对"地表达。人们看到的是他总是随性而发、不吐不快。其实我知道，他内心是想保护做菜的师傅，尊重他们的劳动成果。

文瑜在各种聚会上最爱活跃气氛，他时而说几句讨巧的幽默话，时而讲些笑话，有时还要无恶意地捉弄人，有时也自嘲，洒脱自在，总把欢乐带给大家。我与他一起聚会的次数甚多，有时我会带着自己太太一起赴宴，他见到我太太时，总是笑着喊："大师母好！"（言下之意还有小师母）言毕又露出狡猾的微笑看着我。看着他那小孩恶作剧般的得意表情，我哭笑不得，真拿他没办法。

《苏州杂志》是苏州文化的一张名片，文瑜视其为自己的命根子，他真是用自己的心血来浇灌它。他升任主编后尤加倾注身心的精力来办刊，但人无完人，时间长了难免有一些小偏差。有一次他被领导找去谈话，回来后我们正巧聚在一起吃饭，他气呼呼地说："我顶多不做罢了！回家写作，卖字卖画也可以过日子。"我知是他那股子倔劲儿又上来了，当即说道："领导把一本这样重要的杂志交给你，是看重、信任你，你要把握好方向，这是一个重要的宣传阵地，要有政治头脑。再说领导找你谈话，是对你的关心，你要珍惜呀！"说完这些话，文瑜侧目对着我，喃喃地说："还是恩师关心我。"旁边报社的常新此时插话说："这些话只能你讲，我们讲他总是不服帖的。"那顿饭，文瑜又吃得特别欢快。我讲的那番话，也是文瑜自己在修炼中得到一些领悟后才能听进去的，我见他状态不错，便放下心来了。

作为文化界名流，社会上也有不少人请文瑜吃饭，有的请他写字，有的请他写文章，他总是来者不拒，能帮人家尽量帮人家一把。更有朋友再托朋友的请托，他仍然一口答应，当作自己的事去办。有时难免有些鱼龙混杂的情况，但他不势利也不求荣，恪守自己做人的原则。有次，我与他参加一位朋友的宴请，正聊得十分欢畅时，突然闯入一位女士，顿时一桌先生躁动起来，更有一位先生主动请那位女士入座，倒酒、分菜，那女士被安排坐在文瑜旁边。宴请将结束时，那位“花插插”的先生走近女士，要留下她的联系方式。文瑜立即站起来说：“联系啥？我跟她微信都已加好了，你就撤退吧！”引得大家哄笑起来。事后我问他：“你真的与人加了微信？”文瑜说：“我哪能素质低下到这样，我是看不惯有人瞎掺和呀！”

在饭桌上，他总有一些惊人之举。有次在南林饭店吃饭，商议书籍出版事宜。宴席刚开始，文瑜即落筷在那份酱肉冷盘上，“大言不惭”地说道：“这盆肉味道好，我喜欢的，阿能给我打包？”主办方说：“陶老师，这盆酱肉照吃，我们早已为您准备了一份带回家。”这时文瑜才满意地招呼大家开吃。

在苏州名店新聚丰，一年一度的虾子宴总会按时上席，而文瑜总是不可缺席的人。那虾子宴，冷菜中的虾子白切肉，热炒中的清炒三虾，大菜中的虾子蒸白鱼、白汁元菜等，文瑜样样欢喜。最后时刻，新聚丰老板又端上来一道特大砂锅菜，号称虾子砂锅五件子。砂锅中整鸡、整鸭、蹄髈、鸽子、火腿沉在锅底，清澈的汤上面一层枣红色虾子，鲜美无比。但聚餐到了尾声，菜是吃不动了，大家只能饱饱眼福，喝口砂锅中的汤。文瑜则大声说道：“这道菜我要连砂锅一起带回家，我现在有汽车了，放在车子后备厢里，砂锅到时还！”他就是这样率性而为，一定要吃得顺心，吃出他所要的效果！

在吃食上文瑜总是随心所欲，他心仪的是这座城市所专属的味道，即苏州味道。在这一点上，我们的爱好是一样的。此外，我们俩在吃上有着许多相似之处。我与他都喜食甜品，同属“甜党”，常拿苏州的糕团等推荐给外地好友与食客。我们俩还都是“食鲜主义者”，共同开发出苏州春夏秋冬四季时令名宴。我们又都欢喜吃肉，被称为“食肉控”。苏州“四块肉”被我们编进苏帮菜“非遗”的文案中。我们俩又同为“写手”，这里他是写作高手，我仅为“票友”，我们把苏州的更多名菜、名厨、名店写到报纸、杂志、书籍中，记录下苏帮菜的昨天、今天、明天，让她广为流传。

文瑜的吃食态度，并非纯粹的游戏人生和享乐，而是追求心灵的轻盈和自由。有时他在青石弄里会打电话去预定黄天源的葱猪油糕、鲜肉粽子等，有时要私人定制云成大师的葱猪油月饼；甚至菜场中他中意的大饼油条，他也会预定请人送来。他会清晨自个儿去吃“头汤面”，又常夸杂志社食堂里的馄饨如何味美鲜香。他常光顾的几家饭店、酒家老板都认识他，见面便打招呼：“陶老师来哉！”陶文瑜也总讲，“末事”（指吃食）弄得好点，铜钱照付。他对美食真正是“爱我所爱”，无关其他。

文瑜是不肯外出的人，常年“宅”在苏州城里。为了时令美食，他每年也会约上几个朋友“远到”吴江吃菜饭、红烧肉、酱蹄，去阳澄湖美人腿岛上吃红烧老鹅，品吃阳澄湖大闸蟹。长江刀鱼是他的最爱，他会亲自驾车去张家港寻味刀鱼。东道主招待吃刀鱼，大家怕刀鱼刺太多，不敢多吃，唯他一个人吃得起劲，连吃五六条，最后把鱼汤泡白饭吃了个精光。他还要去常熟吃那里的正宗常熟蒸菜、蕈油面。他的许多吃食经及吃后感大多写在他出版的书籍中。有次我在青石弄他的办公室谈事，刚好他的几位吴江文联小友来看他，带来了吴江香青菜、酱肉、大头菜等土特产。文瑜高兴得如同小孩般击掌而起，说道：“你们怎么知道我欢喜这些东西的？”他就是这样一个喜形于色的人，从不掩饰内心。我所知道的还有一位常州的朋友，来看他时总会带些常州百叶等豆制品。文瑜总毫无隐言地说：“豆制品，我最中意的。”他的朋友、学生众多，时不时带些吃食给他。这些吃食拿来后，文瑜总是交到杂志社食堂里与大家共享。他常说，美食要分享，大家一起吃才有劲。

回忆往昔，在席间，很多的时候他会提早撤退，说要到医院去。我也曾多次看到文瑜手臂下面有多处“青淤”隆起，形态吓人。有时跟朋友说起文瑜，大家一致的看法是：他对自己的病情一概不说，总把欢乐喜庆带给身边人。他患有尿毒症，一星期得透析三次。这样的病情放在任何人身上，都不怎么好受。然而文瑜总是挥挥手：“我要到医院去。”说起来像是去电影院一样轻松。但我知道，私下里他总独自强忍病痛，回到众人面前，他又笑颜常驻，带给人欢乐。回想文瑜的点滴——他笑看人生百态的态度，他嬉笑怒骂皆成文章的才华，不禁感叹他才情比天高，可怜他命比纸薄！

文瑜患病的消息是不胫而走的。得知他又得了重病肝癌，我担心不已，但他仍旧谈笑风生过日子。到了性命攸关的时刻，被送到医院救治时，他仍不当回事。我到医院去看望他时，他正躺在病床上与几位来看他的朋友谈天说地，发表“演说”。见我来了，他说道：“老恩师，我不敢惊动你，所以没有告诉你我病了。”我说你好好养病，还有好多吃食等着我们呢！与他告别时，文瑜对我说：“今后您对《苏州杂志》的美食版要继续关心下去呀！”回家路上我思索着文瑜最后讲的话，明白他是知道自己病情严重，只是不讲而已。他为人处事，向来从容、大度、洒脱，总是工作第一，把积极的一面展示在众人面前。他在病危期间所写的“再见吧朋友，再见”的诗道出了他最后的心声，感动着所有认识他或不认识他的读者。然而死神没有眷顾他的才情，还是把他接走了。

十一月下旬，我清楚地记得那日，我接到他最后一通电话，他嘶哑着声音断断续续对我说道：“老恩师呀！我大限将至，可能只有不到十天时间了。我要托你一件事，就是我的那顿饭（丧事豆腐饭），要放在新聚丰，你要给我弄得好点，好点……”听完，我悲从中来，难以自制。他似乎在交代后事，却又像在跟我告别。我当即安慰他说：“放心吧，你所托之事我一定会给你办好的，你要安心养病呀！”不料在打给我这通电话后的第七天，他就走了。他把该交办的事都嘱咐好了，才放手远行！

那晚吃“文瑜豆腐饭”，我口袋里装着告别会上那本印有文瑜所著的《随风》的诗集，心中念着已走的文瑜。桌上照旧放着他爱吃的清炒虾仁、锅塌干贝、砂锅五件子等，但我已无从下筷了……

此刻忆起去年文瑜在青石弄里说的一句话：“此生我选择这样的生活，其实我的后世会更好。”

宴毕，陆文夫先生特别送与每人一座精巧、素雅的小型瓷器台灯，并说道：『台灯用途多，可读书、写字修炼人生，还可照亮别人……』那座台灯至今我还完好保存着，有时读书、写字想起陆文夫先生，看上一眼，真有睹物思人之感。

陆文夫与老苏州茶酒楼

上了点年纪的苏州人都知道十全街上有一家“老苏州茶酒楼”，那是著名作家陆文夫开的。

1995年8月18日下午，天气晴好，在十全街南林桥堍，一家老苏州茶酒楼在鞭炮锣声中开业了。我与餐饮业中的一些大师站在马路对面观看着开业盛况，陆文夫先生怀着喜悦的心情对我们说道：“总算开业哉！”陆文夫先生的女儿陆锦出任总经理，那天她迈着轻快的步伐，招呼着一批又一批客人、朋友进店观摩并参加开业宴会。

二十世纪九十年代，中国文坛当的红作家少不了陆文夫先生，他出版的中篇、长篇小说，尤其《美食家》等书籍，畅销南北，深受读者喜爱。苏州人的市井生活、美食佳肴，通过他的文笔和书籍传播到了全国各地及海外。随后人们给他送上了“美食家”的美名。尽管他自己不愿意被这样称呼，但没办法，人们对他的《美食家》一书太喜欢了。不得不说，从此他在中国餐饮江湖上正式有了“美食家”之称。

二十世纪八十年代初，陆文夫先生还一手创办了《苏州杂志》。这本杂志读者甚多，誉满江南。每期杂志中，苏州历史典故、精致的生活，尤其苏州街坊里的小吃、名菜、名店、名人占有大量篇幅，总让人读得津津有味。

陆文夫先生一直说，要开一家正宗的老苏州菜馆，他自己起名为“老苏州茶酒楼”。随后他在多方支持配合下，成立弘文有限公司，筹建起老苏州茶酒楼。该酒楼面积不大，仅六百平方米，为三层建筑，古色古香。门面朝南，朝北紧靠河道，位置极佳。底层为散座，二楼为包厢，三楼为大厅。陆文夫先生亲自设计的“灶下间”“三面厅”等包厢充满苏州情调，著名版画家潘裕钰为包厢内壁作画，著名书画家谢孝思题名、写字、作画。老苏州茶酒楼拥有着浓郁的苏州色彩。

那顿开业宴吃了些什么，好像都已忘怀了，唯独记住了那道名菜：金银蹄。一只火腿与一只鲜蹄一起，盛放在砂锅中，香气逼人，汤头鲜到天花板上，蹄子肉骨脱离，肥腴鲜美，真乃人间美味。事后得知，此菜为陆文夫先生指定的菜，为“开门蹄子”，意为今后走好路……

宴毕，陆文夫先生特别送与每人一座精巧、素雅的小型瓷器台灯，并说道：“台灯用途多，可读书、写字修炼人生，还可照亮别人……”那座台灯至今我还完好保存着，有时读书、写字想起陆文夫先生，看上一眼，真有睹物思人之感。

老苏州茶酒楼开业后生意蒸蒸日上，除了陆文夫先生的声望外，菜肴质量把控严格也是重要原因，名菜、名点层出不穷。说来也奇，那时这家茶酒楼人才济济，有“两头、四老、八条龙”经营管理着这家店。“两头”，为陆文夫董事长、陆锦总经理。“四老”，是特聘美食顾问，苏州的四位退休名厨：吴涌根、刘学家、邵荣根、屈群根。“八条龙”即是厨房间、点心间中的领头骨干，这八个人生肖都属龙。

这些人聚集在一起，这家店必然生意兴隆，一跃成了苏州餐饮名店。在老前辈等厨师配合下，老苏州茶酒楼推出了正宗苏式早茶，点心有春卷、加虾烧卖、鸡头米、汤包、秋叶包、藕粉饺、蟹粉小笼面点等，品种多达六十余种，吸引着顾客蜂拥而至。中、晚两餐菜肴都以传统苏帮菜及时令名菜为主，根据陆文夫先生事先提出的要求，原材料必须新鲜，虾仁、蟹粉都必须当天出、当天用，不进冰箱，连苏州名菜响油鳝糊中的鳝丝也要厨师自己动手划好再烹制。

在以吴涌根为首的四老和毕建明等师傅的努力下，老苏州茶酒楼有了自己的苏式十大名菜，分别为：碧螺大玉、松鼠鳜鱼、响油鳝糊、糟熘塘片、蜜汁火方、蟹粉豆腐、黄焖河鳗、什锦菜心、美味酱方、金银蹄。店中特色冷菜有：醉鸡、卤鸭、虾子鲞鱼、四宝辣酱、苏式熏鱼、肴肉等。店中特色点心有：四季船点、拉糕、眉毛油酥、虾蟹烧卖、金钱方糕、汤圆等。

那四位著名老厨师都在厨房一线参与制作这些著名菜肴、点心，并开始传帮带，那里的一批小厨师真学到不少烹饪技艺。

那时的老苏州茶酒楼声誉四起，全国各地来苏的各级领导、名人，尤其文人墨客都想到老苏州茶酒楼品尝苏州的名菜佳肴，领略陆文夫一手创办的酒楼的风采，有时真可谓“一桌难求”。有些重要领导、客人来了，陆文夫先生还亲自陪同；有些明知客满、吃不到饭的人，还到饭店兜上一圈看看，约定下次早点订餐，必须吃上一顿苏州菜！

那几年老苏州茶酒楼生意兴隆，但危机也渐渐出现了。总经理陆锦女士患了绝症，身体每况愈下，精力不济，管理松弛，导致营业额下降，四老也陆续退出，一些厨房骨干出走。2003年，陆锦病故。失去女儿的陆文夫先生悲痛欲绝，不愿再打理老苏州茶酒楼的事务。董事会做出决定，在社会上公开招聘管理人员来经营老苏州茶酒楼，确保这家茶酒楼仍能按照陆文夫先生创办时的要求经营下去。功夫不负有心人，曾在南林饭店工作的王静静女士接手经营老苏州茶酒楼，直至今日。

我与陆文夫先生有着多次交往。市烹饪协会出书时，想要陆文夫先生为书写序言，因此我曾多次登门拜访他。每次事先打好电话，开门的总是他老伴管阿姨。说明来意后，陆文夫先生总是和蔼地说：“放心吧，我来写。”故而我们协会出版的书籍的序言都是陆文夫先生撰写的，而且他分文不取。那时陆文夫先生还担任我们烹协顾问之职，每年还定期来参加会议。

我在商业局当副局长时分管全市餐饮企业，兼任市烹饪协会会长之职，陆文夫先生曾多次来我办公室。记得一次他来告诉我，那年全国文代会后，有一批文人要到苏州来参观、学习，他想在松鹤楼搞一次欢迎宴会。我说：“好呀，这是宣传苏州的好机会，就是让您费心了。”那次我们在松鹤楼摆出了一个场面，事先做好一些艺术冷盆、水乡船点、名菜佳肴等，让那些文人一饱眼福，随后请他们登楼品尝佳肴。那次活动十分成功。

另有一次，陆文夫先生来我处，说老苏州茶酒楼要开业了，他想请吴涌根、刘学家、邵荣根、屈群根四位退休老厨师出任美食顾问，问我是否能支持。我当即说，完全可以的，只要他们自己愿意就好！这些事也说明陆文夫先生做人、做事有根有坯，值得我们学习。他为苏帮菜的传承、创新身体力行，功不可没呀！

2005年，陆文夫先生驾鹤西去了。《苏州杂志》仍在按照他的要求每年定期出版着；那家他一手创办的老苏州茶酒楼还开着，虽然人员调换多人，但值得庆贺的是那家店还继承着老苏州传统，专心致志地做着苏帮菜。其实陆文夫先生留给我们的不仅这些，他的文学作品中留下的更多的精神财富，让人受益匪浅。

牛角浜里住宅集中，有近百户人家，人口众多，每家每户临河而居，尽显『枕河人家』的风韵。那条小河里常有农民摇船过来兜售各种蔬菜或是鱼虾，盛夏时卖西瓜、莲藕，秋冬送来新上市的大米等。

家住牛角浜

一

今年（2021）是辛丑年，趁着牛劲来叙说姑苏城内一条小巷牛角浜。时间推移到二十世纪四五十年代，苏州城内有条牛角浜，那是一条名不见经传的小街巷，全长近四百米。与姑苏城中其他小街小巷一样，牛角浜也呈现双棋盘格局，街巷就在河边。河与街平行，河在街的北面，呈从东向西走向，街也是从东向西走向，形态弯曲似牛角状，故得名牛角浜。我家就住在牛角浜28号里。

牛角浜西段与玄妙观东角门相连；东端为“牛角尖”，称浜底。小巷与河汇合，无路可走了，而河道还一直向东与悬桥巷河道相通，垂直与井巷河连接，一直向东，与环城河连接。《送人游吴》说道：“古宫闲地少，水港小桥多。”说到河，必有桥。牛角浜河道上也有两座小桥。街口西端与东角门相连朝北的一座桥叫“新造桥”，为铁栏杆水泥桥，直通旧学前，斜对面就是第九初级中学。另一座桥位于牛角浜后端，由石栏、石板组成，据说是孔老夫子走过的桥，故名为“孔过桥”。此桥与旧学前、频花桥相接相通。牛角浜的街巷东端朝南，与两条小巷垂直相接。一条为“社坛巷”，可通到观前；另一条在街末端，叫“土圣巷”，连接井巷，又连通两条小巷，可到达观前街、临顿路等地。

牛角浜河道及陆路都四通八达。尤其从城东面如唯亭、外跨塘等农村地区进城的农民、渔民，娄门东北等地进城的市民、商贩，有的摇着船，停靠在牛角浜的河道上，有的步行进城。“白相”玄妙观，或是“荡观前”，都得经过牛角浜。那时牛角浜又挨着苏州市中心最大菜场玄妙观菜场及市中心最大吃食集聚地玄妙观，看似是一条小街小巷，却已成了交通要道。

牛角浜里住宅集中，有近百户人家，人口众多，每家每户临河而居，尽显“枕河人家”的风韵。那条小河里常有农民摇船过来兜售各种蔬菜或是鱼虾，盛夏时卖西瓜、莲藕，秋冬送来新上市的大米等。清晨还能见到一些农民迈着坚实的脚步，肩挑篮子——篮筐里装满瓜果、新鲜的蔬菜，向着玄妙观菜场走去。每天，总能见到一批又一批嬉笑着进城或出城的人。

有的人口袋中装着采芝斋的茶食、糖果，边吃边悠闲走着；有的人手拿着黄天源及玄妙观小吃摊上的吃食，如梅花糕、油氽团子、老虎脚爪等，脸上露着笑容，一步一回走着；有的人在观前买到称心的衣服鞋帽，急不可耐地赶着回家试穿呢！那时牛角浜街上总是人来人往，各种人员络绎不绝。

二

牛角浜有如此高的人气，用现在的话来说是成了“网红打卡地”，商家接踵而来，故而牛角浜里商户林立。俗话说：吃茶三万昌，撒尿牛角浜。那时“三万昌”茶室在玄妙观里，而玄妙观背后连接牛角浜街口那里有厕所，使用的人多，便有了此话。其实旧时牛角浜真正有特色的是“三多”。

一多：算命先生多，其中大都聚集在玄妙观东角门北端及牛角浜街口。有词道：“合吉良缘牛角浜，泥红帖子酒芸香。芳令一笑须增减，生肖儿家恨属羊。”算命先生撮合婚事，看人庚帖，故而生意兴隆。也另有一些人代客写书信，也有人测卜前途凶吉、诸事是否顺利。那时当红算命先生挂牌开店的有蒋通天、章资一、林小巢、张天亮等，另外还有一些专用乌龟、飞鸟来测字问卜的摊店，总吸引不少人围观。

二多：牙科医生多。挂牌齿科诊所多达数十家，其中尤以德记牙科诊所为最大，设施俱全，有名的医生有陆守志、龚维新、金永泉等。他们争相做生意：拔牙、镶牙。那时尤其时兴镶金牙。我父亲华介峰就是专做镶金牙的一流好手，也有自己的诊所，但受时局影响，生意一直一般，倒是拔牙生意为好。那时医院少，人们防治牙病、拔牙都去牛角浜里的私人牙科诊所。那时有影响力的牙齿诊所（从东到西）有金家增、小雅轩、华介峰、卫洪林、强庆林、陈金轩、张思南、李文鑫等私人诊所。这些私人诊所一家连着一家。这些医务人员大多没有上过正规医科大学，都是在社会实践中优胜劣汰、掌握本领的，有的靠师傅教，有的自学成才。这批人对当时社会的牙防工作做出巨大的贡献，功不可没。这部分人多年后都进入牛角浜牙科联合诊所，随后都进入苏州牙防医院及区级医院，有的成为一代著名牙科医生。

三多：手艺人多。那时在牛角浜有一家制作戏剧刀枪的店铺，其内有制作工坊，专做戏剧舞台上使用的刀枪棍棒等。那里高手云集，制作精良，生意兴隆。巷内有一批制作小食品的能手，他们长年在玄妙观里设摊，居住地就在牛角浜。有甜品店小有天师傅、海棠糕赵记师傅。还有一些制作糕点、馄饨、汤圆、茶食、梨膏糖等的作坊及摊店开设在牛角浜里。这条街上另有两家在当时颇具影响力的照相馆：一家名叫“大同照相馆”，开设在牛角浜西首巷口；另一家在巷中，名叫“金门照相馆”。这两家照相馆都有楼房，设备先进，拍照师傅技艺高超；店门口设立橱窗，里面挂满各种样式的明星人物照片，吸引顾客。那时拍照还是一件时髦的事。

我家居住在牛角浜28号，家对面是一家饲养金鱼的店铺，面积颇大，店后院中有几十口大盆、大缸、大池，饲养各种五彩缤纷的金鱼。我小时候常到那里看金鱼。与金鱼店相连的是一家徐记理发店，店主徐金荣带着三个帮手开店，生意兴隆。我小时候常去那里剃头。那三个帮手日后都成了苏州理发业中的一代大师，被誉为苏州理男士发型“一只鼎”的蔡宝清就是从这家店走出来的大师傅。

我家隔壁还有一家看痔疮的私人诊所，逢到热天（夏季）就开始为病人贴膏药，称冬病夏治，去寒，祛风湿，尤其受农民欢迎。牛角浜里还有一所小学很有名气，就是当时苏州营造业公会办的梓义小学。那时学校大门开在牛角浜，门口挂着一副对联，曰：“梓人遵守规矩，义人建设国家。”牛角浜从西向东还有一个拐角处，叫作“三角场”，那里有一家旧书店，店主姓潘，因长得矮小，被人称作“潘矮子”。他终日戴着一副高度近视眼镜，苦守书店，店中一派旧式书店景象。牛角浜街首街尾都有一两家日夜开着的烟纸店及“老虎灶”，满足四周人们生活中的简单需求。

总之，牛角浜街巷虽小，商家、住户却众多，小贩走卒也常常光顾此地，叫卖声不绝于耳。有的提着提篮叫卖酱汁肉、肉百叶；有的头上顶着一只大藤匾，内中有好多只小蒲包，蒲包中装着盐水果仁、丁香橄榄、五香豆、慈姑片、熏田鸡等各种小吃零食；更多的挑着“骆驼担”叫卖馄饨、汤圆、糖粥；另有些小贩挑着小担、推着小车出售油氽臭豆腐、粢饭糕、茶叶蛋、兰花素鸡、豆腐花等；还有人挽着竹篮叫卖黄连头、腌金花菜等；有人背着木桶叫卖糖藕、黄埭菱、栗子、白果等小吃；另有一些挑着修补担的人，走街串巷给人钉碗、补锅、修伞、撑鞋。各色各样走街串巷的摊贩总要来牛角浜叫卖，故而牛角浜一直热闹非凡、人声鼎沸、车水马龙，一派兴旺景象。

三

牛角浜中除商家众多之外，也有一些著名人士居住在巷中。有一位玄妙观三清殿里的住持任法师居住在牛角浜41号里，他的法号叫“大珏”。每当遇到道节做法事，牛角浜里的人靠着任法师的牌头到三清殿大殿里去听道教音乐，听得不亦乐乎。另有一位居住在牛角浜21号里的评话大家范玉山先生。他擅长表现人物内心世界，说表口齿清楚，表情尤为生动。他的拿手书目为《济公》。他在书坛表演济公时，一半脸笑、一半脸哭，惟妙惟肖，被称为“活济公”。另有书目《乾隆皇帝下江南》表现乾隆下江南四处活动的情节，他说得活灵活现，其中乾隆在苏州活动期间“大闹松鹤楼”等故事广为流传。

范家在牛角浜居住的房屋颇为壮观。从前门进，是一个门房间，进去后是一个大天井园子。再进去是一个大厅堂，房高屋敞，大方砖铺成地面，两面两间厢房。再走进去是一个内花园，树木、花草、石凳、石条应有尽有。南墙处建有一座半亭，亭两旁种有翠竹，靠左边有一条鹅卵石铺成的小路。走过月洞门，另有几间平房，那里是他家厨房。再向前走上几步，却有一幢西式小洋房直通到社坛巷13号，那里居住的是范家大小姐范雪君。范玉山先生自己居住在厅堂西侧厢房内。

说到范雪君，那是范玉山先生领养的女儿，但范玉山视其如掌上明珠，亲自调教，教唱说书。他自己教不算，还聘请苏州、上海等地的弹词大家、京剧名家、昆曲名伶、歌唱专家等上门专门教导范雪君。范雪君天资聪明，弹唱悦耳，人又长得亭亭玉立，颇具苏州大家闺秀气质。她穿着旗袍上台说书，犹如女神下凡，语言甜美，风姿卓绝，说书过程中根据书情需要夹唱几句京剧、昆曲，乃至当红歌曲，表现力极强，因而在苏州、上海唱红，被称为“评弹皇后”。

牛角浜东首居住着一位评弹大家黄异庵先生，他家房屋似上海石库门房屋，坐北朝南，进门即是小天井厨房，中间为小客厅，过道后面有两厢房，再后一进为花园。花园虽不大，但精致高雅，竹木花草，四季常青，用竹篱笆搭成的花园围栏紧靠着湖石。园内还种植了几棵葡萄，爬满屋架。我与黄家几个孩子都同校，有的是同班同学，就读于牛角浜里的梓义小学，放学后常去黄家一起做功课、游玩。我曾多次见黄异庵先生在书房中看书、写字，有一次见他在花园中舞剑、锻炼身体。他对我们这些小孩总是和蔼可亲，总爱问我们最近读到什么书，有时他会自己背上些诗句来问我们。那时我们对一些诗句还一知半解。黄异庵先生在书坛上擅说《西厢记》，他改编弹唱的《西厢记》深入浅出，步步到位，文学性又极强，让人听后回味不止，只觉余音绕梁。人们都称他为“书坛才子”。

四

牛角浜里街巷特色十分明显，因居民众多，一家挨着一家，家家户户知根知底，如同一个大家庭。这家烧了南瓜会分送四邻，那家包了馄饨也会派送四周邻居，真是“金乡邻银亲眷”。那时每家每户都有好几个孩子，这群孩子放学后都在牛角浜街上玩耍，有时玩得起劲，从这家窜到那家。逢到吃饭时候，大人们在门口喊着“吃饭哉”，孩子们纷纷各自回家吃饭。有一些孩子还端着饭碗从这家走到那家，不管到哪家，人家也不嫌弃这群小孩，倒是有好吃的菜还得“夹筷把”给这些孩子。

牛角浜里哪家哪户出现一些大事情，我们这群小孩最起劲，有些事情现在回想起来还历历在目。李家大儿子参军了，街道里放着鞭炮，有人扛着红旗送来，上面贴着大红纸“一人参军全家光荣”。我们这群孩子跟着起哄，满心欢喜，想着长大后也要参军。隔壁黄老伯从苏纶纱厂退休，戴着大红花，厂方用汽车敲锣打鼓送他回家，我们这群孩子在他家两旁拍手相庆。那天金家的大儿子成婚，我们这群孩子跟着大人组成了浩浩荡荡的迎亲队伍，增添了不少喜气。这样的情景还真有不少呢！每当夏日来临，天气甚是炎热，入夜后，牛角浜里家家户户都在自家门口放上桌椅靠背、竹榻乘凉。那时牛角浜总是黑压压一片人群，人们扇着蒲扇，闭目养神，有的坐着，有的躺着。孩子们总是到处跑动，有时听大人们讲“山海经”，有时玩“捉迷藏”“官兵捉强盗”，真开心……说来也奇，牛角浜还是一条长寿街，而且好似男性比女性还要长寿。居住在牛角浜41号的任俊臣任法师活到九十八岁，居住在牛角浜32号的牙科医生陈金轩老先生活到一百多岁，另有多位老人活过九十岁。在那时的生活、医疗条件下，如此长寿也真是奇迹了。

牛角浜里这种充满烟火气息的生活情景现已荡然无存了，这群孩子现都已成为白发老人，牛角浜河道早在二十世纪五十年代末就被填平，两座小桥早已被拆除，众多商户早已关门离去。二十世纪八十年代，牛角浜被拆迁，居民们也四散各处。牛角浜街口南面一大块地方现已成停车场，仅有原牛角浜后端坐南朝北处少量居民还在。十分幸运的是，牛角浜街巷牌子还一直留用至今，这多多少少给我们这一代老牛角浜人一点安慰。旧时牛角浜的繁荣景象以及那里淳朴的民风，已成为我们这代人的回忆。但愿苏州古城里像牛角浜这样的街巷文化还能保存下去，或许还能不断发展成为当下新的社区文化。

食论食语

旧时苏州人说『白相玄妙观，吃煞太监弄』，到观前街总要去太监弄走上一圈，吃点小吃、点心，买上些吃食带回家慢慢品味；即便身无分文也要走上这一回，闻闻那里酒菜、烟火的味道。

吃煞太监弄

在古城苏州市中心，有一条街巷与观前街平行而且相通，一头连接北局（小公园），一头连接宫巷，其名为“太监弄”。相传历史上这里曾居住过京城来苏的太监，太监在此督办筹买宫廷所需的丝绸、服饰等物资，住的人多了，时间长了，此街巷渐有了此称号。

其实太监弄最有名的称号是“吃煞太监弄”。二十世纪三四十年代，这里就聚集数十家吃食店，有菜馆、饭店、小食店、酒馆、旅社等，附近还有多家茶馆及各种小吃点心摊、卤菜摊、野味摊。旧时苏州人说“白相玄妙观，吃煞太监弄”，到观前街总要去太监弄走上一圈，吃点小吃、点心，买上些吃食带回家慢慢品味；即便身无分文也要走上这一回，闻闻那里酒菜、烟火的味道，真有“闻香而至，同归故里”的感觉。

观前太监弄成为吃食中心，历史上虽然有这么一说，但真正形成饮食店聚集、商号特色店汇集的街巷，还得益于城市拓展、交通畅通。二十世纪二三十年代，沪宁铁路通车，苏州火车站建成，平门桥、护龙街（今人民路）改扩建成功，外地来苏人员增多，加上察院场、景德路直达阊门路段打通，苏州城里城外人员流动便捷。苏州原本的商业繁荣之地阊门、石路、山塘等由于战乱、火灾等，破坏严重，难以恢复，市面渐向城内观前街北局一带转移，观前太监弄吃食商业中心才渐渐形成。

一

历史上太监弄被称作"弄"，那时是一条一百多米长的小弄堂，名不见经传。那时全市菜馆、饭店多集中在阊门一带，那里有义昌福、大庆楼、新太和、宴月楼、久华楼、一品香、太白楼、铁路饭店、南东园等。中市一带也有多家酒馆、饭店，如新和祥、金和祥、德元馆、六宜楼、老万福、西德福等。而在城里，观前街有松鹤楼、老丹凤、宫巷义昌福，临顿路有数家著名饭店、菜馆如天和祥、福和祥、三兴园、南新园、鸿运楼、万福楼等。旧时也有"吃煞临顿路"之说，后因城市变迁，临顿路的饮食市场才逐渐走向衰落。

1939年拓宽了太监弄，各类饮食店相继设店开业，新开的菜馆有三吴、味雅、上海老正兴、北平老正兴、苏州老正兴，还有大东粥店、新新菜饭店、大春楼面店，加上原有的鸿兴馆、功德林，还有熟食和做夜市的点心摊。下午市专做熏肠、肚子、爆鱼、虾。另有小商小贩操篮托盘专跑酒店及茶室等，叫卖各类佐酒小菜、小吃。苏州最大茶馆吴苑深处也开设在太监弄。"吃煞太监弄"之说即始于此时。

太监弄的吃食名气不局限于这一条街上，四周也有众多的饮食店家。太监弄的东首连接宫巷，宫巷街道上亦有多家酒店，如老义昌福、锦阳楼、周万兴、锦和馆等。观前街上有新安茶室、新雅酒楼、松鹤楼菜馆，广州食品商店二楼饮食部供应各类面点、小吃，观振兴面馆、黄天源糕团店、采芝斋、稻香村茶食店等都在附近。太监弄西首连接北局，那里有国货公司（今人民商场）的饮食部、北局青年会吃食部、小朋友食品商店等。随后几年北局逐渐被开发，建成大光明、大华、丽都等数家电影院，又有开明大戏院、新艺剧场、青年会等，又有著名的苏州书场等娱乐、商业场所。看电影、观夜戏、听评弹带来巨大人流量，形成了以太监弄为中心的一个经久不衰的商业特色街区。

以太监弄为中心的吃食聚集区，主要供应传统的苏帮菜、苏式面点、苏式糕团及各类形式不同的小吃、零食，它们风味浓郁，种类丰富，又各具特色，体现出苏州人在饮食上讲究精美、时令、风雅的特点。就那时的餐饮市场而言，菜肴、面点、卤味均以“苏帮”为多数，另有多种外地菜点丰富市场，尤其是京菜、徽菜、湖广菜、川菜以及清真菜和西餐，也都别有风味。那时太监弄各店的名菜、名点层出不穷，各店自有“看家菜点”吸引食客，如三吴饭店的虾丝烂糊、野鸭家烧，味雅酒家的冰糖甲鱼、虾爆鳝，老正兴菜馆的砂锅两筋页、青鱼秃肺，大东粥店的焐酥豆粥，大春楼面饭店的三鲜大面、鸳鸯鳝面，鸿兴馆饭店的肉丝炒面、煎馄饨，伊斯兰饭店的牛肉锅贴、千层油饼，功德林素菜馆的净素菜馒头、素火腿；另有松鹤楼菜馆的松鼠鳜鱼、卤鸭面，老丹凤的烩面、蝴蝶面，义昌福的虾蟹两鲜、母油整鸭，宫巷张小弟的鸡鸭血汤、三角包，观振兴面馆的葱油蹄髈面、油氽紧酵，吴苑深处异味轩的五香排骨、五香小肉；另有风味特色蟹壳黄、生煎、夹沙粽子等，新新菜饭店的红烧一喜肉、百叶包肉等，数不尽数。这些菜肴佳点味道鲜美，总受到消费者青睐。

二

太监弄美食一条街的形成和发展也几经波折，历史上一度受时局影响几乎消失。二十世纪六七十年代，受“文革”等多种因素冲击，太监弄残破不全。改革开放后经济大发展，旅游服务业不断发展，政府相关部门加大投入力度，再度打造太监弄美食一条街。太监弄旧貌变新颜，成了名副其实的美食街。

在这期间，太监弄出现两家超大型餐饮企业：一家“松鹤楼”，一家“大三元”。百年老店松鹤楼率先扩建新大楼，大门也从此前的观前街迁移到太监弄朝南，东面新建外宾餐厅大楼，大楼底层恢复供应松鹤楼的传统面点。此时的松鹤楼菜馆南对太监弄，西连北局小公园，北向正对大成坊，东向正对群艺馆连接观前街，堂皇华丽，气派非凡。松鹤楼早市供应各式面条及多种浇头、点心；中、晚两市供应传统苏式菜肴，其中著名菜点有松鼠鳜鱼、白汁元菜、天下第一菜、黄焖着甲、网包鲥鱼、清熘大玉、加虾烧卖、蟹肉大包、金钱方糕及卤鸭面等。松鹤楼传承着苏帮菜肴的经典，是苏州人请客吃饭、聚餐、举办婚宴等的首选之地。

大三元酒家建成于二十世纪九十年代初，由饮服公司投资开设，专营广式粤菜。该店规模宏大，一楼为散客区，早市专做广式早茶。二楼为大厅，承办各种宴席。三楼分设多个包间，内部装修典雅，古朴华丽，带着岭南元素风格。中、晚两市供应正宗粤菜，菜品有烤乳猪、东江盐焗鸡、糖醋咕噜肉、蜜汁叉烧、生炒明蚝、脆皮乳鸽、叉烧包、蛋挞、虾肉粉肠、糯米鸡、广式月饼等。该店每天顾客盈门，受到广泛赞许。

三

太监弄另一边坐南朝北，从西首往东，酒家、饭店一家挨着一家。西首第一家新苏旅社二楼开设有一家龙凤酒家。这家酒家供应各种特色海鲜和一些苏帮菜肴，如白灼基围虾、三文鱼、八珍花托、葱姜焗蟹、龙凤呈祥、茄汁明虾等四十余种菜品，不少食客赶来此店尝鲜品味。

新苏旅社向东就是著名的得月楼菜馆。得月楼是在原苏州菜馆的基础上翻扩建而成的，于1982年4月开业。得月楼的建筑具有园林风格，精巧雅致。得月楼供应正宗苏帮菜肴及高档宴席，在继承传统的同时，精心创制了得月童鸡、西施玩月、虾蟹两鲜、卷鲜肥鸭、枣泥拉糕、蟹粉小笼、苏式船点等。由于《满意不满意》《小小得月楼》两部电影在全国多地播放，慕名而来的中外宾客不计其数。

连着得月楼的是王四酒家，那是一家来自常熟的名店，二层建筑精致小巧，供应正宗常熟菜点，有叫花鸡、熬锅油鸡、翡翠虾仁、冰糖葫芦、血糯八宝饭、栗子羹等。这些特色风味菜点吸引着众多消费者前来品味，受到一致好评。王四酒家也被列为外宾就餐定点单位。

京华酒楼与王四酒家相连，三层建筑古色古香，供应正宗京菜，有著名的北京烤鸭、涮羊肉、香酥油鸡、醋椒鱼、干烤冬笋、荸荠糕、炸鲜果卷等。京华酒楼的开设填补了太监弄在北方菜肴上的空白，一时不少在苏的北方顾客纷纷前去品尝，苏州的一些厂商、企业也常在那里宴请客人、商谈生意。

上海老正兴与京华酒楼一墙之隔。该店门面开阔，朝北直对观前，二层建筑是在吴苑深处茶馆原址上翻建而成的。上海老正兴为本帮菜馆，以优质家常菜及传统的苏浙菜取胜，供应的菜点有红烧青鱼肚档、狮子头、栗子鸡、三鲜汤、走油肉等。这些菜肴经济实惠，尤受进城农民、游客欢迎。

珍珠饭店与上海老正兴相连，由市烟糖公司开设、管理，供应苏式家常菜肴，尤以油爆虾、炒鳝丝、四喜肉、开洋菜心、酱肉豆腐、鲫鱼塞肉等传统家常菜取胜。珍珠饭店菜肴精细可口，尤受老苏州人热捧。

珍珠饭店隔壁是一家专做清真菜肴的“清香斋”。这家店虽店面小但做菜讲究，以全式清真菜品应市，专为信奉此教的信徒及来苏旅客中信此教教规者服务，是为适应旅游市场多方需求而开设的店。菜肴以牛、羊肉菜为主，另有多款特色蔬菜。

功德林素菜馆与清香斋相连，为苏州第一家素菜馆，旧时又称“功德林蔬食处”，专为信奉佛教的信徒居士服务。素菜名字和形状多数模仿荤菜，如白鸡、烧鸭、炒什锦、三鲜、鱼块等，形状逼真，风味淡雅。该店的素面、素火腿等都是苏州素肴中的佼佼者，也填补了素食的空白。

五芳斋与功德林相连，地处太监弄东首，与宫巷相连。苏州五芳斋是家点心店，专供各式苏式汤面、炒面，另有苏式汤包、小笼、鲜肉粽子等，也有五香大排、五香小肉应市。这些风味独特的小吃、面点，深受来苏旅游者欢迎。一些老苏州也是这家店的常客。

四

纵观那时的太监弄，建筑高低错落有序、古色古香，可谓美食一条街，店家一家挨着一家，整条街建筑一派苏式风格，每家店又各具特色菜肴、点心。在这条街上汇集了京、沪、粤、苏、浙及清真素食等菜系，能满足旅游市场多种需求，有道是“吃食在此结集，美味在此延伸，风物在此显摆”。入夜华灯初放，灯红酒绿车水马龙，争相寻味而来的人络绎不绝。逢节假日等好日子，结婚的人多，店家门口站立着盛装打扮迎客的对对新人，犹如一道多彩风景线。

太监弄美食街在二十世纪九十年代末及二十一世纪初又有两次改造提档升级，尤其是连接太监弄的碧凤坊被拓宽改造，打造成了一条全新美食街与太监弄连接。又引进著名老字号朱鸿兴面店、绿杨馄饨店、川福楼、大娘水饺等，使得这条美食街更加完美齐全。当下“姑苏八点半”活动展开，又增加“碧凤坊小吃群”，夜市活动更加丰富了。这条美食街西接小公园、邵磨针巷，东向连通碧凤坊直通临顿路，比历史上的太监弄已扩大数倍。餐饮店林立，菜系完备，更有正宗苏帮菜、各式小吃、快餐、火锅、时尚饮品、“网红”美食等，可谓应有尽有。如今，你任何时候步入太监弄碧凤坊美食街区，总能找到对你胃口的美食。

2008年12月，观前太监弄美食街已被中国烹饪协会授予“中国美食一条街”称号；2012年10月，又被中国商业联合会授予“中国商业特色街区”称号。如今的观前太监弄正以全新姿态，迎接四方来客。

有些苏州人把茶馆看成自己的半个家，清晨起身直奔茶馆，在那里刷牙洗脸，随即落座吃茶。故而那时有些茶馆的木头柱上挂满各种牙具、脸布。还有遗老遗少在茶馆坐得清闲，总是骂骂咧咧，『骂太平山门』发牢骚，骂得口干了，呷口茶润润喉咙再骂，这些人常被人称为『茶馆痴子』。

老苏州茶馆

旧时苏州茶馆业兴旺发达，店铺遍布大街小巷，这与苏州人素来讲究沏茶品茗的传统习俗是分不开的。苏州人喜闲爱食，善过舒适慢生活，早上“皮包水”（吃茶），下午“水包皮”（洗浴）。在苏州，每天上茶馆成了天经地义的事。

苏州茶馆有着悠久历史，有词道：“苏州好，茶社最清幽。阳羡时壶烹绿雪，松江眉饼炙鸡油。花草满街头。”唐时白居易在苏开凿山塘河，去虎丘游玩的人数大增，山塘街上的酒楼茶肆成了兴旺之地。有记载道：“茶寮高隐绿杨枝，玉几堆盘位置宜。”每逢节庆、市会、花市，虎丘“旁山一带，到处茶棚”供人消遣。

据史料记载，茶寮是茶馆的雏形，始于南北朝。茶铺是茶馆的初级形式，唐开元年间就有大量茶铺开设。历史上茶馆有多种称谓，如茶坊、茶肆、茶室、茶居等。明清时期苏州茶馆还称茶社、茶篷，随后盛行改称茶楼，又往往冠以“源”“园”“苑”等字眼以示风雅可亲。

清代徐扬绘姑苏郡城《盛世滋生图》中，茶室就有好几处。其中胥门城根下临河街市上有一处，两开间楼面右侧悬“松（楼）茶室”市招，左侧悬“精洁馄饨”市招，看起来是一家颇具规模、兼供点心的茶室。另外虎丘山前正山门东边，有两开间楼面，右边有“茶室”市招，左边有“酒馆”招牌。乾隆年间虎丘山畔山景园等酒家，就以“客人进酒楼入座必先奉香茗待客”而著称。清代顾禄《桐桥倚棹录》记这样的酒楼、茶肆在山塘街有十数处。这些店大都门临塘河，处在青山绿水间，装潢考究，古朴素雅，室内以书画点缀厅堂。其中著名的有斟酌桥畔东情园、虎丘碑亭后一同馆等。

明清时期苏州成为我国东南地区繁华的商业中心。阊门、胥门等运河水道上总是商船樯桅如林。贸易兴旺，商贾云集，茶馆又成为商人聚会、洽谈生意的重要场所。仅在胥门、阊门地区，茶馆、酒肆就数不胜数。城内小桥流水，文人雅士荟萃，工商人士居多，上茶馆吃茶是每天必做的事，故而大小茶馆遍及街巷。据史料记载，那一时段苏州全市有大小不等茶馆近两百户，另有许多大小不等的茶摊、茶棚。

一

清末民初，苏州城茶馆大致分布在以下几个路段：

1.临顿路一带老茶馆特别多，几乎数十步即有一茶馆，自北向南有富春楼、龙泉、壶中天、方园、群贤居、仝羽春、玉龙园（后改为四海楼）、九如、顺兴园、锦阁、怡鸿馆等家。

2.玄妙观里茶坊亦多，且大多历史悠久。著名的有三万昌、雅聚园（后改名品芳）、玉露春、春苑。正山门后街道两侧有第一篷、第二篷、第三篷三家茶坊。

3.观前街东有云露阁、汪瑞裕、茂苑、蓬瀛、彩云楼等。

4.宫巷内有桂芳阁、小如意、聚来厅。

5.太监弄有怡和园（后改为吴苑深处）、清风明月楼。

6.护龙街（今人民路）有啸云深处、聚园等家。

7.东西中市有德仙楼、中和楼（后改为春和楼）、梅苑、大观楼、鸿春等家。

8.皮市街也有隆畅、齐苑、同春苑等三家老牌茶坊。

9.养育巷地区有胥苑、日升楼等家。

10.阊门外有卒园、大观园、和园、福安、长安、啸云天、龙园、玉楼春、亦园、南星阁等多家。

11.葑门城门外有椿沁园、风苑。

12.娄门外有鸿园、升平楼。

13.盘门外有春风得意楼、四海楼等。

14.胥门外有易安、万象春、明园、漱芳、易园等。

除上述这些有名气的茶馆以外，苏州城里城外还有许多“老虎灶”供应热水，还有散台吃茶、规模小、设施简易的小茶馆。几张方桌，几条长板凳，放在水灶店门口，尤受老人欢迎，吃一个方便、随性，吃一个逍遥自在，原也是一乐。

二

苏州茶馆的一大特色就是有“茶会”，即同道者聚集在一起吃茶论事，处理相关事务等，且都有固定茶馆。那时苏州茶会据不完全统计有：

1.彩云楼茶馆。当初就是苏州象棋棋会之地，人们吃茶论艺，讨论赛事、选拔棋手、外出参赛，也组织市级象棋大赛，比出年度冠军及分出名次，欢喜下象棋的人都汇集于此。

2.玉露春茶馆。在夏末秋初，一直人声鼎沸、热闹非凡。除吃茶外，也是斗蟋蟀的场所。一些人利用斗蟋蟀进行赌博活动，寻求刺激。有时选评出某只蟋蟀为年度“大将军”“状元”，还进行蟋蟀盆等工具的交易。

3.玄妙观春苑茶室是鸟市一角，室内鸟声争鸣，有时连呼“好娘娘”者，非人也，乃笼中之八哥。苏州爱鸟养鸟的人很多，那家茶馆总是人头攒动。

4.肖家巷口的金谷茶馆拥有很多茶客。围棋名手云集在这里交锋，在黑白棋子里寻求快乐。有时那里有叮叮当当的落子声音传出，有人还把那里当作酒馆。

5.宫巷桂芳阁茶室里大多是被称为“蚂蚁”的人，这是旧时对房地产买卖业中人的别称。他们聚集在一起吃茶，交流房源信息，商讨房屋价格，更多的是进行房屋的转让和买卖。

6.玄妙观三万昌。该店前门在玄妙观，后门直通大成坊，规模大，茶客多，有好几个行业的茶会在这里，如米行、米店、酱园、油坊等。相关人员每天都来此茶馆，交流商情，定价格，做交易。

7.玄妙观内的品芳也是一家规模较大的茶馆，店内堂口又多。前堂为营造业人士开茶会之地，中堂为面粉业人士吃茶之处，后堂为苏州官场人物品茗之地。

8.观前汪瑞裕茶号。店主为增加营业额，推广茶叶销售，规定购买茶叶者可上楼免费泡饮，故而生意兴隆。其三楼茶座，长期被当时《大光明报》主笔等人使用，他们在此吃茶、编报。

9.苏州另有两家茶馆凤翔春、胜阳楼，茶客多数是为诉讼而来。前者靠近高等法院，后者贴邻地方法院，来此吃茶者有讼师、律师，他们在茶馆中会见当事人、原告与被告。

10.养育巷地区的胥苑深处是一家名茶馆，布置典雅，茶室四周靠墙有卧榻，出名的吃"困茶"就出于此。其南厅、西厅供吃茶，茶客均是该地区的名流，极多是从事教育工作的，他们在此吃茶论文。

11.观前太监弄吴苑深处茶馆是规模最大的苏州老茶馆，创于清末民初。苏州各种行业茶会多集中于此，苏州一些头面人物、文人雅士也多在这家茶馆品茗论事。那时去吴苑深处上茶会是一件时髦的事。

12.枣市街明园茶馆。平日茶客都是附近居民和四乡进城农民。一到蚕茧上市时节则茶客人数倍增，木渎、横泾、香山等地的蚕农都在此吃茶，等候蚕行开秤。

13.小日晖桥堍有一家易安小茶馆，双开间楼房，前门面朝闹市，后门靠近运河，生意十分兴隆。茶客都是一些船帮之人，天南地北、各路"神仙"都有，异常庞杂。

14.胥门外盛家弄古老的漱芳茶馆，有五开间楼房，规模不小，布局则带有田园乡镇风格。胥江三镇的头面人物常在楼上堂口吃茶，商谈社会事务。楼下茶客有横塘、木渎等地进城的肩挑小贩，全城马车帮在此集会吃茶。

15.渡僧桥堍的卒园和玄妙观里的春园都靠近菜场，早上茶客都是饭店、酒楼里的厨师，他们在菜场里采购完食材后来此吃茶、吃早点，略事休息即分别离去。

三

旧时苏州茶馆里茶会众多，各行各业自有选择，一时还真难说全。可以说，有多少种行业就有多少种茶会，或许社会上有多少种工种、职业也就有多少种茶会。还真是物以类聚，人以群分。在过去缺乏娱乐活动的时代，上茶馆吃茶成了难得的消遣活动，茶馆也得发展，被赋予许多功能。社会上的种种信息、新闻、野闻、闲话都在此汇集，寻求工作、交易等都在此得以解决。当时社会上盛行一种“吃讲茶”做法：一些人犯了一些小事，请人到茶馆调解。其中也掺杂各种“敲竹杠”吃讲茶之事。那时茶馆又被称为“百口衙门”，似乎在茶馆里，没有解决不了的各种纠纷事体。

在当时茶馆里，除了吃茶，苏州人还会抽着烟、聊着天，肚子饿了就喊堂倌送上大肉面、蟹壳黄、生煎馒头、斗糕、肉团子等各种吃食，随喊随到，吃得那叫一个舒服。另有一些提篮托盘叫卖小吃、零食的，卖烟、卖水果、卖报、卖唱、擦皮鞋等各色人都有。那时在苏州，有些人即便没有任何事情，清晨也得去茶馆，坐上一刻钟，随后去干正经事；不到茶馆，整天如同丢了魂似的不踏实。更有些苏州人把茶馆看成自己的半个家，清晨起身直奔茶馆，在那里刷牙洗脸，随即落座吃茶。故而那时有些茶馆的木头柱上挂满各种牙具、脸布。还有遗老遗少在茶馆坐得清闲，总是骂骂咧咧，“骂太平山门”发牢骚，骂得口干了，呷口茶润润喉咙再骂，这些人常被人称为“茶馆痴子”。

苏州众多的茶馆里，总有一批又一批忠实老茶客，他们每天必来茶馆，吃茶总有自己爱好，绿茶或红茶。店家跑堂的茶博士见到他们，就喊“绿眉”（绿茶）、“红眉”（红茶）一壶。有些茶客另加菊花，茶博士就喊“绿眉加菊”，一应俱全。那些老茶客刚一落座，茶博士就会送上茶壶、茶杯，尔后送上热毛巾，装好一筒烟，点好一根纸捻，递过来。

旧时苏州茶馆吸引着形形色色的人群吃茶寻乐，似乎茶馆总是人间乐园，在茶馆里总能放纵一下，逃避重压，消磨辰光，享受闲适的趣致。

沉浮聚散一杯茶，清风明月水长流。旧时的苏州茶馆已经走向消亡，但其深厚的文化底蕴还在。当下，新的茶馆、茶酒楼随着时代节拍应运而生，适应着当代人的生活需求。不变的是苏州人吃茶品茗的习俗还在延续，而且随着经济发展，吃茶品茗这条产业链的上下游产业都已调动起来了，形成了一个巨大市场。人们在追求美好生活里寻找到各种传统饮茶方式、习惯并运用得得心应手。也有一些老苏州人一直念叨着旧时的茶馆，那些吃茶形式、那里的吃食，勾连着他们那时的情结。不难看出，苏州饮食文化、茶文化的传统依然有着迷人的魅力。

该茶馆楼上位置最佳的四面厅内设红木茶几茶座，装修典雅而又舒适。茶客都是当时苏州社会上的名流人物，有张一麐、朱梁任、蒋仲川等人，一些士绅和财团掌门人亦在此吃茶。

闲话吴苑深处茶馆里的吃食

旧时在苏州茶馆中，名气最响、规模最大的是坐落在太监弄内的吴苑深处。该茶馆创于民国元年（1912），是在原怡和园茶馆基础上改扩建成的一家有五开间门面的大茶馆，占地甚广，大门朝北正对观前街，后门通到珍珠弄，又处观前闹市中心，设备齐全，交通便捷，很受茶客的欢迎。

吴苑深处茶馆有前楼、方厅、四面厅、爱竹居和话雨楼等主要厅室。楼下还有五个堂口，楼上有五间的大堂口，楼后有小堂口及书场，每一个堂口都各具特色。茶馆内，亭台楼阁，竹影通透，一步一景，格外雅致。进入店大门，沿街东西两边开间都出租给专做生煎、蟹壳黄、糕饼等的小食店出售各类风味小吃，以方便茶客。进入大门后的堂口称为“船头”，来此吃茶的苏州人甚多，形形色色，各有所长。叶圣陶老先生曾说过一句名言：“苏州人哪能可以勿孵茶馆。”

道出那时苏州人爱吃茶的心态!

据一些老苏州人回忆，吴苑深处楼上总聚集着建筑、营造业与苏州木行帮人士。楼面挂落前的茶客都是城里城外几个有名的“白相人”，而挂落后面的茶客都是当时报馆中的有名人物，有颜心公、张叔良、胡觉民等人，还有苏州各大报的负责人也大都集中在此品茗。这些人每天吃茶风雨无阻，座位固定，秩序井然。他们有时商议报道新闻事件，有时商议筹划出版物等事项。

该茶馆楼上位置最佳的四面厅内设红木茶几茶座，装修典雅而又舒适。茶客都是当时苏州社会上的名流人物，有张一麐、朱梁任、蒋仲川等人，一些士绅和财团掌门人亦在此吃茶。据说，有许多苏州地方上事务、市政建设等问题，都在那里商议定局。另有一批当时苏州著名律师，如胡士楷、钱家桢、顾恩沛等亦常来此商议辩护等事。苏州一些著名画家如颜文樑、胡粹中、朱士杰、陈迦庵、樊少云、柳君然、吴仪兰等常来此品茗论艺，有时纵论画技、鉴定字画，有时还收购珍玩、接洽润笔。

吴苑深处茶馆方厅东南角，有三开间上下两个堂口，楼下称“爱竹居”。这里吃茶者，是在苏州的省议员及地方官，以及一些有名望的地主老财等，都是一些有财有势的人。楼上堂口称“话雨楼”，苏城一些出名的纨绔子弟常至此享清闲，吃着茶，唱着小曲，有时下棋、聊天，消磨时光。这些茶客人数不多，时来时散。常来此处饮茶者是一批教师与作家，著名作家周瘦鹃、范烟桥、程小青等人常来此处。他们这一批人的外地朋友有时亦被邀请至此品茗，商议一些文稿问题，研究出版物，互通信息，相互约稿，探讨文艺作品的创作等事项。可以说，苏州地界上各类知名人士、工商业者、艺术大家等都会聚集于吴苑深处吃茶，就连外地来苏州办事、旅游、走亲访友者也纷纷慕名而来。吴苑深处茶馆每日总是人头攒动，自清晨至暮，每天要接待茶客好几千人。这种“一行一业”聚集在一起的吃茶形式，被称为“茶会”，老苏州人常说的“今朝上茶会去”就是指去吃茶。当时社会组织涣散，行业自治功能上升，利用茶会，交易、定价、就业、解决纠纷、交流信息等都能得以解决，随之茶馆的作用也被无限放大。据史料记载，清末民初苏州城的大小茶馆就有近两百家，遍布苏州城的大街小巷。

吴苑深处茶馆还拥有一批经常去吃茶的老茶客。早上，老茶客大抵一起身就到茶馆，吃杯茶，外加吃点点心，然后回去。午后，茶客都是吃过饭去的，他们吃茶，闲谈趣闻，有时便躺在椅上小睡会儿，睡好了然后再去办正事。有些偶然来的茶客是因为“荡观前”，路走得多了，便借茶馆来休息一下。更有一些茶客借茶馆商谈事务，便约在茶馆相叙。

据史料记载，吴苑深处茶馆的产权最早归苏州天官坊陆氏所有，而经营权归其门下账房曹步清。曹当家后账目理得清，头脑好使，善经营。吴苑深处大门坐南朝北，五开间小门面全部出租给饼馒、糕团、小食等小店。一来每月有一笔固定收入；二来与自己开设的茶馆配套，方便茶客，一举两得，生意红火。

吴苑深处的吃食中最著名的是异味轩的五香排骨、五香小肉，其颜色酱黄，闪着油光，口感脆香鲜美，有“一人吃全桌香”之说。门口饼馒店出品有甜咸之分的松脆蟹壳黄、馅大皮薄的生煎馒头、酥香油润的油酥饼等，另有现做现卖的斗糕、传统苏式汤包、经典小吃“鸡鸭血汤”“三角包”“豆腐花”“泡泡馄饨”“火腿粽子”、风味独特的白糖桂花莲心粥、可咸可甜的粢饭团、鲜味十足的三鲜大馄饨、时令薄荷扁豆糕、精致细腻的白糖玫瑰袋袋粽、甜润可口的八宝饭等。这些小吃美食多达几十种，而且风味不同寻常。早年间《吴中食谱》上略有备录并记，说在吴苑深处吃茶者，吃好茶后还得买几样吃食带回家，分享给亲友。

吴苑深处茶馆里的茶博士，头脑活络，手脚麻利，能摸透各种茶客的心思，且能说会道，敷言功夫又好。茶客入座后，茶博士先送毛巾后沏茶，对一些老茶客不用问吃哪种茶即泡好送上。客人欢喜哪种香烟牌子，茶博士都记在心里，有时垫资为茶客购物、买烟等。若是雨天，茶博士代客雇车，不需要茶客当场掏钱，月底或年终一起结账算清，还能收到一些小费。茶客吃的东西他们都得熟记，茶客要时，他们便将大肉面、三鲜面、生煎、蟹壳黄、斗糕、火腿粽，一碗、一盒、一碟，端将上来，直送到客人面前。茶博士另有一绝活——冲茶。冲茶真见功夫，只见茶博士提起大铜吊高高举起，滴水不漏冲入茶壶内，铜吊起落动作洒脱利落，三起三落，称“凤凰三点头”，以示好客。

吴苑深处茶馆里除那些令人馋涎欲滴的吃食外，还有一些颇具烟火气的零食，虽然不起眼，但味道都好着哪！

那时走入茶馆，还有许多小贩小商，有的头顶托盘，内装食包，售卖各式零食，如盐水花生、慈姑片、瓜子、糖豆瓣、各式蜜饯及爊田鸡、鸭肫、鸡翅等；有的提篮叫卖酱螺蛳、油氽小鱼、鸭头、鸡爪、卤蛋、兰花素鸡等，这些小食都十分美味，吃了忘不了。有时那些叫卖珠珠花、白兰花的卖花姑娘也会进入茶馆中叫卖。更有挎篮叫卖水果的小姑娘，专卖扦光荸荠、水乡菱藕等。这种扦光荸荠用竹签串成一串。另有艳红的水红菱、洁白的塘藕、翠绿的鲜莲子等供食客挑选食用，都清脆微甜，带着水乡的特色，尤受小孩和外地旅客的欢迎。据记载，著名作家周作人，竟不远千里来到苏州，目的就是到吴苑深处吃那佐茶的生煎馒头与汤包，并赞扬“东南读茶食，自昔称嘉湖。今日最讲究，乃复在姑苏”。郁达夫先生曾在他的文章中写他到苏州吴苑深处喝茶的经历：“茶馆的前头，除香气熏人的‘火烧’‘锅贴’‘包子’‘烤山芋’之外，并且有酒有菜，足可使茶客一天不出外而不感得什么缺憾。”那一时段，来苏州的人没有到吴苑深处吃茶，就像没有到苏州一样。

吴苑深处茶馆里还有人专门从事擦皮鞋、挖耳朵等服务，甚至连剃头都能在茶馆里进行，各种服务项目可谓应有尽有。苏州讲究好茶一定要用好水来搭配。吴苑深处茶馆讲究吃茶用的水，以城外胥江水为佳，此河道水质优良，是太湖、大运河汇合在一起的水，水质清澈。水必须取自胥江河，以江心水为优。从前用船驳水进城，后改人工肩挑运输，运输人员身穿印有“吴苑”字样的马甲，一路挑水进城，摆成一字长蛇阵，清楚明白地告知人们吴苑深处茶馆用的水是真正的胥江好水，起到了宣传作用，可见经营者的经营之道真让人信服。

吴苑深处茶馆在二十世纪五十年代初渐渐没落，随后退出市场，原址被改建成上海老正兴菜馆。社会变迁，店铺调整都是随着历史进程而变化着的，一度辉煌的茶馆进入历史尘埃中。一些老苏州人每当回想起那时在吴苑深处茶馆吃茶的情景，回想起那里的蟹壳黄、生煎、斗糕等吃食，那份情感总难以割舍。有些人说：“如果能穿越的话，还真想去吴苑深处吃上一会儿茶呢。”

厨艺不是简单的烧菜做饭，而更包含着厨人对生活的认识、对食材的理解、对节令的敬重。用烹饪技艺来延伸饮食文化，关键在于出品的菜点作品是否能打动人心、征服舌尖。

论道厨艺

烧菜做饭是一种生活艺术，而烹饪大师自然而然就是烹饪艺术大师了。但事情不会如此简单画上等号，这样高雅的称号，总要得到社会、食客及相关组织的认可，才能受到人们的承认。又如同常说的“金碑、银碑，不及百姓的口碑”，大师们必定要提升自身艺术修养水平，烹饪出风味非凡的美食，来征服消费者的味蕾，用美食传递出艺术的情感，才能彰显自身的价值，对得起这样的称号。

厨艺不是简单的烧菜做饭，而更包含着厨人对生活的认识、对食材的理解、对节令的敬重。用烹饪技艺来延伸饮食文化，关键在于出品的菜点作品是否能打动人心、征服舌尖。

不久前，苏州技师学院会同苏州市烹饪协会组织了一次苏帮菜宗师走进校园活动，以文字及影像资料等形式收录了十一位烹饪大师所制的菜点。他们都是时下苏州烹饪界的超一流选手，有着中国烹饪大师、苏帮菜宗师、苏帮菜非遗传承人等称谓，平均年龄七十多岁了。他们阅历丰富，加之天资聪慧，很有修养，对烹饪技艺执着追求，又有着良好的职业声誉。根据组织部门对活动的要求，每位大师仅做两道菜或点心，并与师生们一起论道厨艺，共同探讨苏帮菜传承与创新及发展。

大师们制作的佳肴美点，也从多个层面展现苏帮菜的文化艺术价值，具体说来有三个层面。

第一个层面是传统经典苏帮菜点，如母油船鸭、金钱方糕、樱桃汁肉、姑苏船点等。拿母油船鸭来说吧，这是一道经典菜肴，又是从苏州传统船菜中演变出来的名菜。制作此菜的是刘锡安大师，他是这批大师里辈分最高的一位，又是被中国烹饪协会认定的苏州唯一的“元老级烹饪大师”。刘大师精心制作，采用昆山地产麻鸭，加以猪爪、火骨，配以红枣等，先煮后焐。使用的调料母油，即是地窖中自然酿制成的头道酱油，鲜劲十足。整只鸭子静卧一只大号砂锅中，汤头色泽枣红，汤水刚过鸭身，又有多片冬笋、香菇片等构成花环形状摆放在鸭身上。让人意想不到的是此菜上桌前，刘大师还熬足一勺葱油，浇在鸭身上。上桌后打开锅盖，满屋生香。此菜真是闻香知其味，魅力无穷。

第二个层面是在传承基础上改良提升的作品，如鲜参鳖炖羊、明月塘片、新风三虾、鲜莼鲃肺汤等，其中尤以鲜参鳖炖羊最为引人注目。此菜由田建华大师烹制。田大师是一位资深烹饪大师，又是省级苏帮菜唯一非遗传承人，长期工作在外事饭店、星级宾馆，烹饪技艺超群。此菜是田大师多年烹饪技艺的积累，又结合了吴门医派养生特色。采用野生甲鱼，宰杀洗净，勿切块，保持整只甲鱼完整，起卅甲鱼盖填入羊肉块，合盖，上面放上东北长白山鲜参，再上笼炖之。不必多说此菜如何调味了。此菜成品造型精巧，整只甲鱼顶背上配着洁白鲜参，几颗殷红的枸杞，飘出的余香已够撩起食欲。虽不能吃到此菜，但心理上已够滋润了。菜肴美点对人们来说，好吃是一种享受，养生却是永恒的追求。

第三个层面是大师们根据对食材的理解，又结合自身技术特长创制出的名品，如鳕鱼球三丝扣、明化蹄髈、雪菜青鱼塌等。鳕鱼球三丝扣获得满堂彩，此菜刀功精湛，造型美不胜收。制作此菜的是素有“常熟蒸菜之父”雅称的张建中大师，他采用时令海鲜——鳕鱼作为主料，将鳕鱼制成鱼茸，做成球状，围合在三丝周围；三丝采用鸡丝、笋丝、火腿丝，排列齐整，均匀扣在元盅杯内；再将整菜倒扣到汤盆中，加入高汤上笼蒸。此菜似汤似菜，鲜香味长，最是一盆暖心的蒸菜。

这三个层面的菜点在一定程度上代表了苏帮菜的现状及发展方向。大师们带着各自的看家本领，烹制这些佳肴美点，各领风骚，展示技艺。这些菜点可说是难得一见。除说到的制作菜点的大师外，另有多位高人在后，如蒋晓初大师制作的红里透绿的“碧螺凤尾虾”，董嘉荣大师制作的玲珑细巧的“金鱼酥”，汪成大师制作的让人爱不释手的鲜肉月饼，朱龙祥大师制作的红白相间的“祥龙鳜鱼”，李俊生大师制作的带着桃香的“椒桃鳝片”。有着太湖风味的“孔雀虾蟹”是由张子平大师制作的，风味悠长的“南腿鸭舌”是由鲁钦甫大师制作的，味道独特的“虾子白鱼”是由泮小敏大师制作而成的。这些作品摆放在一起，色彩缤纷，造型优雅，真让人有江南盛宴、浮生若梦之感。

这些菜品美点都是烹饪艺术作品，大师们拿出各自的“绝活”“看家菜”，经典里包含时尚，时尚里倾诉历史，让人们感悟最美的江南菜品。而苏帮菜又是江南美食中的代表。江南味，苏帮菜。千百年以来，生活在吴中大地上的苏州人坚守自己的饮食习惯，精致、风雅，不时不食。历史上吴地饮食之美早已闻名四方，有说道：渚茶野酿，足以消忧；莼鲈稻蟹，足以适口。菜肴美点，自成一家，卓有特色。这次的菜点中还有名震四方的“常熟一品锅”、享誉全国十碗面之一的“奥灶面”、载入名菜谱的“枣香红衫鸭方”等，都足以证实苏帮菜点的风范。

大师们制作这些苏帮菜点，都采用吴地特有时令食材，使用原产地调味料，在烹饪方法上沿用祖传下的炖、焖、煨、焐等法，又采用多变的炸、熘、爆、炒等手法，在口味上保持清鲜。有的菜点还微甜、微酸、微辣，既师法古人，又不乏新意。虽菜点道数有限，仅二十二道，只是苏帮菜中很小一部分，但已“星光熠熠”成为经典。

这次大师们被请进学院，走上讲台，每个人都亲自演示制作各自的菜点，叙说着制作菜点的步骤、原理。这些作品放在教室里制作，似乎也加重了几分“书卷气”，形象地再现了苏帮菜的艺术文化性格：崇文、秀慧、素雅、清丽。教师、学生们亲临现场，观其手法，聆听要领，收获颇丰。

这次论道厨艺活动告诉人们：厨艺生存于烟火气里，就像是一面生活的镜子，表达了苏州人的情感及对饮食文化的追求。而表现者即是这些烹饪艺术大师了。

茶馆书场在夜场开书前，茶馆跑堂常呼喊听客：『开书哉！』并手提灯笼在茶馆书场附近街巷边走边喊『要开书哉』，回到店门口正好晚上七点左右，书场开书。那时书场泡茶用茶壶，跑堂员工在『小落回』时给听客冲茶，送上毛巾，服务周到齐全。

姑苏茶馆书场

旧时在苏州吃茶听书是一件天经地义的事，吃吃茶、听听书是一种消遣，听听书、吃吃茶是一种安心。在没有电视、没有电影的年代，吃茶听书成了苏州人的乐趣。苏州茶馆众多，长期都以卖茶为主，部分兼营书场。苏州是评弹发源地，在评弹艺人长期的努力演艺下，评弹渐渐成为江南地区著名曲种，姑苏茶馆书场在推动评弹事业发展上也是功不可没的。

姑苏茶馆书场历史悠久，承载着苏州人的一种生活方式。旧时人们分别在下午或晚上去吃茶听书，享受评弹带来的种种乐趣。早在清道光年间，姑苏茶馆书场就有四十家之多，其中十分著名、经常有演出的也有十多家。开办最早的是坐落在宫巷的“桂芳阁”、石路的湖四堂的“引风园”、临顿路的“清河轩”、道前街的“雅仙居”等，开办时间最长的有东中市的“中和楼”、葑门横街的“椿沁园”、山塘街的“大观园”、濂溪坊的“怡鸿馆”等。这些老茶馆中，久负盛名的茶馆书场有地处闹市中心太监弄的“老意和”、宫巷的“聚来厅”、肖家巷口的“金谷”、皮市街的“隆畅”。这四家书场被称为清代苏州书场的四大庭柱，每家场内可坐近百位听众；能在这几家登台的说书弹唱者也都是当时的名家响档，故而这几家茶馆书场也成了苏州一流的茶馆书场。随后多年，太监弄“怡和园”茶馆被翻建成吴苑深处茶馆，东南角设有“吴苑书场”。书场装修精细，装饰古朴素雅，众多名家都曾在此演唱，听众多为乡绅、名流和商贾，故书场一跃成为茶馆书场的“一正梁”。苏州评弹有两种表现形式：一种为说“大书”，即评话；另一种弹唱为“小书”。那时评弹书目大多是传统书目，评话有引人入胜的《三国》《水浒》《隋唐演义》等。小书弹唱书目有曲折情节，如《玉蜻蜓》《描金凤》《珍珠塔》等。不管是弹唱还是说大书，都得用苏州话来说表弹唱。

当听书普及成为大众的娱乐活动后，茶馆兼营书场是茶馆的重要收入来源，吃茶听书相互补充、相得益彰。据史料记载，苏州的茶馆书场业始于清末民初，书场的陈设与茶馆的堂口大同小异，仅多一座供艺人献艺的书台。那时“老意和”和“德仙楼”两家书场陈设最为讲究，书台精致，为纱帽形，两面各有一座小扶梯，好似纱帽翘起的两根翅。梯有三级和五级两种，被称为“连升三级”“五子登科”，以讨口彩。进入书场，正中的桌子称“状元台”（又称“老年台”），那是供有身份的乡绅和老听客们就座的专座，一般听客从不能沾边的。书场里安放的大都是八仙桌。座椅简陋，初用长凳、方凳，后改为礼拜凳，即椅手背上有一木板可放茶杯；讲究的则用藤椅。听客围桌而坐，各自听唱听讲。听客较多时，会搬走方台，增设座位。书场在盛夏季节备有手拉风扇，以解听客炎热。夜间书场里点上一盏保险灯；书台上点蜡烛，叫灯烛，灯烛燃完，说书即“落回”（即暂告一段落）。

茶馆书场在夜场开书前，茶馆跑堂常呼喊听客：“开书哉！”并手提灯笼在茶馆书场附近街巷边走边喊“要开书哉”，回到店门口正好晚上七点左右，书场开书。那时书场泡茶用茶壶，跑堂员工在“小落回”时给听客冲茶，送上毛巾，服务周到齐全。一些小商小贩也会趁着“小落回”时叫卖瓜子、水果、香烟及茶食、糖果等小吃零食。那时前来书场的听书人很多自带灯笼，挂在书场门口横竹竿上。书将落回时，书场员工就把灯笼一只只点亮，方便听客回家！有的听客喜抽旱烟，后来有抽水烟的，场方还备有水烟筒出借，方便听客使用。

旧时在姑苏茶馆书场听一场书，连茶价共十来个铜板，价格低廉。一些老旧书场只有几十个听众，所以一天营业收入有限，仅用一两个人烧烧炉子、泡泡茶，十分节约开支，还要招待说书艺人，收支相抵能平衡已算不错了。

随后多年，苏州书场渐渐变大，如四海楼、椿沁园、梅园、龙园、大观园等几家大书场，设置的听众座位增加到二百至三百个。并与旧式书场有所不同了，大都移走了“状元台”，改用方台。自有了电灯、时钟等，茶馆设备有了明显改善。烧茶不用土制“七星炉”，改用烧煤的“炮仗炉”；泡茶也开始使用玻璃杯了。听客结构也有较大变化，年轻人多；尤其出现了年轻靓丽的女弹词演员走上书台演出，女听客逐渐能走进茶馆书场了。书场中有了女听客，反映了社会风气的变化。一些较大的著名茶馆书场如“梅园”书场，特设女宾席，在书场一角，用木栅栏隔开。随后几年社会进步加快，书场里开始男女混座了，人们的各种交往增多，吃茶听书成为当时的一种时尚。

茶馆书场接洽演出业务是一件大事，能有“好角色”“响档”演出，茶馆书场生意会兴旺，故而茶馆老板总要物色评弹艺人来演出。那时场主与艺人会在“老意和”和“聚来厅”直接商订演出合同，一旦艺人接受邀请，定下演出档期后，场主就得先送上几块银洋，业内称“盘洋”。如演期场场爆满，场主为表示感谢，会再送上一至两块银洋，作为下次演出的“定金”，业内称此为“复档盘洋”。艺人再来此地时，只能先来这家书场，不能另有所就。

书场与艺人实行拆账制，书场将出售书筹总数收入与艺人分成。拆账，业内称“拆签”。一般按评弹艺人名望和书场等级决定是四六拆账还是对拆。旧时姑苏茶馆书场在城市里的多，但更多的书场散布在江南各大乡镇市集里。许多评弹艺人都要离乡背井，去各地说书，俗称“跑码头”。在各种码头上能唱响出名的被称作“码头老虎”，这种艺人在码头上说书演出，少则个把月，多到几个月，长年累月、千锤百炼有了真功夫，再在苏州、上海等大城市唱响，才能真正成为一代名家。

旧时茶馆书场没有扩音设备，全靠艺人真嗓子、丹田劲说表弹唱，才能吸引听众。而茶馆书场内抽烟的人多，空气浑浊，因此旧时一些艺人到老年了喉咙都会沙哑。即便这样，旧时评弹艺人对自己也要求甚高。在苏州，人们称评弹艺人为“说书先生”。先生当然要有先生样子，穿着要得体，书台上风度翩翩、玉树临风，生活中注重自律，空余时间用来读书写字，不断学习，提高自身文学修养水平，连走路、讲话、吃饭都“有模有样”。苏州的评弹艺人即便在平时生活里，也总带着“三分书卷气”，受人尊敬！

去茶馆书场听书是一种消遣放松。说书先生在说书中放了各种噱头、笑料使你一乐，但说书先生同时也在阐述种种哲理，如“人生在世，怎么做人”，寓教于娱乐中。苏州一些老听众总会赶着场次去听某先生的书，是这先生的唱腔、书中曲折的情节吸引这些老听众吗？有些书目，老听众听过多遍，还在听。其实真正吸引听众的是说书先生本人，他的气质、人品、骨子里透出的逸气，他的一切吸引着一批又一批人聚集到书场里听他的书。那些忠实的老听众最后都成为说书先生的“良师益友”。姑苏茶馆书场是评弹艺人的舞台，又是苏州人生活的欢乐之家。

旧时在姑苏的社会人士结构中，有一层面的人叫作乡绅人士，数量庞大。他们讲究风雅，尤其对吃食，要求精细、富有情趣，更追求口味的变化，推动形成了一种叫作『乡绅菜』的特色美食流派。

吴门“乡绅菜”

姑苏素有“鱼米之乡、人间天堂”之美称，春秋时期始筑城，遂成吴国国都，秦汉为会稽郡治所，唐代称江南雄州，明清时为江苏巡抚衙门驻地，被称为“朝廷命脉之地”，城市政治地位突出。城外京杭大运河贯通，城内水系纵横，陆路、水路通畅，交通便捷。自宋室南渡，大批中原有识之士迁居江南，首选之地为姑苏。明清时期，苏州已成为江南文化、经济中心，形成了丝绸、服饰、大米等多个全国集散中心，贸易繁荣，商贾云集，雅士争至。苏州也是中国最早对外交流开放的口岸城市之一。大批富商、乡绅、退职官员在苏州建宅、造园，享受苏式精致生活。

旧时在姑苏的社会人士结构中，有一层面的人叫作乡绅人士，数量庞大。他们讲究风雅，尤其对吃食，要求精细、富有情趣，更追求口味的变化，推动形成了一种叫作“乡绅菜”的特色美食流派。

乡绅，亦可称“绅士”，一般指地方上不在官位的士大夫，或是具有一定政治身份，拥有土地、房产等资源，经济基础雄厚的人，是在当时社会中具有较高声望的人士。他们当中大部分人都受过良好教育，懂吃、会吃，注重个人情趣和文化内涵。他们讲究菜肴的特色，不仅追求奢华，还重视菜肴的养生作用。《清稗类钞》云：“苏州人讲究饮食闻于时，凡中流社会以上之人家，正餐小食无不力求精美。”意思是地方乡绅等人家根据自身口味、喜好、时令等，指导“家庖”制作出富有特色和文化内涵的菜点。乡绅菜点在苏州饮食文化中占有重要地位。

由于社会变迁，乡绅阶层逐渐退出历史舞台，随后乡绅菜的表现形式发生了很大变化。过去在深宅内园由“家庖”定制的菜肴、点心，渐渐走向了社会。一些“家庖”、名厨也进入社会，有的进入酒肆、饭店，有的去工矿、企业单位掌厨，有的自闯门路开店谋生。但不管如何变化，乡绅菜的影响力还在，常常被人牵挂。一些著名菜肴仍在不断流传，诸如蜜汁火方、烂鸡鱼翅、蝴蝶海参、生盐甲鱼、出骨八宝鸭、荷花什锦炖、一品官燕、鲃肺汤、秃黄油、樱桃肉、松鼠鱼等菜肴，尤受食客青睐。在一些文艺小说、闲话散记中，还能寻到只言片语的关于传统乡绅菜的记录。随着时间的推移，不少精致风雅的乡绅菜由于种种原因淡出市场，有的已成绝响。经整理，编写数款民间乡绅菜秘方，以飨读者。

1.伯虎香鱼

取优质肉肥淡水鱼（鳜）宰杀洗净沥干，将腊肉、香菇等切成丁，视鱼之大小适量配料，再以调味料拌匀。用上等茉莉花茶调制成羹，以半勺羹冲泡成茶汤。

烹饪法：先以适量精盐融入茶汤，再以此茶汤抹擦鱼身两面，置鱼于大碗中。将调拌好的腊肉、香菇丁等散布于鱼的四周。放入装水蒸锅中，随即将剩余的茉莉花茶散投于锅水之内，以旺火蒸之。熟时取出，上桌香飘数里。

明中叶大才子唐伯虎最嗜此味。当时用的茶汤原是以天下第一虎丘茶加茉莉鲜花冲泡而成的。现虎丘茶早已绝种，故退而求其次，以茉莉花茶代之。茉莉花茶香气逼人，用时则要适量。或亦可用其他茶试之。

2.山海羹

此菜最早为明代阊门大富商——安徽典当铺主方氏所精制，其用料与技艺都凸显江南水乡特色，故传于苏州上层社会。

选鲭鱼之大而鲜活者，截取其尾（苏州俗话说“鲭鱼尾巴鲢鱼头”），洗净，淡水煮熟，抽出骨，把鱼肉劈（切）成很细的丝条；又备好上好笋肉、香菌、紫菜，将笋肉、香菌切成小丁或小片，与紫菜一起，再加入精盐，先烧熟，然后在文火中放入鱼尾丝。

另配好优质的胡椒末与藕粉，调匀成腻汁，然后均匀地倾倒进锅汤中，待熟后，从速滴入上好米醋三五滴，随即起锅，装入汤碗上席。

笋、菌、紫菜均以自然生长的为佳。因笋、菌等都出于山地，而鱼则产自河湖，紫菜产自大海，故名为“山海羹”。羹，泛指一种含有蔬菜和肉料的厚汤。

3.和合球（喜庆宴用，如结婚宴、升职宴、满月宴等，苏州大户

人家用得多)

优质蛋若干(取相应吉利数),略加入调料,混打搅拌均匀。猪膀胱数个,洗净,以干净布拭干,而后将蛋汁装入并扎紧。以绳吊入井内(沉没于井水中),经一夜后,第二天太阳升高后取出,略见一下阳光,即入锅以阴阳水(河水、井水各半)煮之。煮好后将猪膀胱剥尽,即为一黄白各自凝聚的大蛋球。

以精美大盘托上桌,博宾客们惊奇喜欢。配好秘方调味汁,按宾客数将蛋球分成每人一份(每人黄白各一块)。其文化含义很有讲究:蛋(黄白)即阴阳,时间(昼夜)即阴阳,煮之水(河水、井水)即阴阳,阴阳大和合。个人身体生命、男女婚姻、上辈下辈、上级下级,阴阳合一不可分,为大调和。

此菜盛于明清苏南地区,苏州士大夫家祭祖时第一道祭品即是大蛋球。

4.芬芳品(清代流行,至民国初年基本不传其法了,吴地文人雅士尤爱此品)

秘诀在于汁料:上好醋一碗,加入甘草末三分、白糖一钱、熟麻油半盅,拌和成基础汁料。另用花椒,或加点鲜姜汁或酒酿露或糟油,再倒入好酱油做成汁料。

花卉料有:牡丹花瓣,以滚水焯过(时长乃烂,时短乃生),快入冷开水中一漂,榨干拌食;迎春花,以滚水过一过即可,不能在锅中焯,榨干拌食;甘菊花(即菊苗叶,以茎紫者可食),春夏时其苗正旺,采其嫩者,用滚汤焯,快入冷开水漂,而后榨干拌食;枸杞头,焯过,冷开水漂过,榨干拌食;茉莉嫩叶,焯过,冷开水漂过,榨干,与豆腐拌食；蚕豆苗，农历二月采之，洗净再以麻油炒一炒，而后再拌一拌；芙蓉花瓣，滚汤泡两次，挤干，与豆腐拌食，色红白分明，可爱且可口也；栀子花，半开蕊时，以滚水焯过，漂好，挤干，再加点细葱丝，再以拌料拌食。

以上可以数花合拌成素菜拼盘，色泽艳丽、香鲜可口。

5.冬瓜盅（主仆和）

取老冬瓜一只，洗过后截切下半寸厚的一片顶端盖，再将瓜内的瓤与籽挖净。取优质猪肉（或羊肉）洗净、沥干、切成小丁块，以好酒汁甜蜜酱（或好豆瓣酱）和香料（茴香、桂皮、花椒，磨成末更好）调味，另配辅料若干。然后将调好的肉等填到瓜腹内，再用几根竹签把瓜盖扎紧。

备大陶缸或较大瓮一只，以砻糠厚铺一层于缸底，而后将冬瓜竖置于砻糠上，再在瓜四周紧铺一圈砻糠，至瓜腰高为止。而后取老式灶内之硬炭火灰，在冬瓜腰间砻糠上焙铺，直至瓜顶被铺没。烤煨时间约为一昼夜，闻到溢出香气时，表明已熟了。取出，装入大钵，上桌。此瓜可以分层吃，每吃一层，先以刀削去瓜薄薄的外皮。冬瓜肉和内中之猪羊肉可共食，且鲜美得很。

明代、清代时苏州乡绅家（有仆人者）于每年的腊月下旬（大小年夜前）合家大扫除完毕那天，开饭时由女主人亲自端上此煨冬瓜，送到仆婢的饭桌上，以取主仆和睦之意。菜品中，冬瓜为下品，指代仆人；内中猪羊肉为上品，指代东家。

6.饭食——金饭

取茎紫色、花正黄的菊花瓣，加少许盐，在甘草汤里焯一焯，待用。烧米饭，等大沸将收水时，投入菊花瓣，盖锅，略添火即停，焖一焖成“金饭”一锅矣。烧饭之水若是真泉水则最佳妙，花瓣颜色更黄亮。久食此饭，可以明目长寿。明清时期，苏州文人墨客常用此饭招待来苏客人、朋友。

7.山海汤（吴地南宋后多食此汤）

春天采城郊山中笋、蕨之嫩者，用滚水浸泡一会儿。取新鲜鱼虾，与笋、蕨一起切成小块。

打些鸡蛋（或鸭蛋）在锅中摊成蛋皮，以这蛋皮包裹前述的这些小块——或三四个或五六七八个不定。放在笼屉内蒸熟，取出，剥下蛋皮，切成皮丝，备用。

将鱼、虾、笋、蕨块等放进碗中，加入酱油、麻油、胡椒粉和盐，配进绿豆粉皮（切一切）一起拌匀，再滴入几滴醋和几滴酒。起锅烧水，待水沸，将上述块料徐徐投入水中，等汤面乍沸，撒入蛋皮丝，即出锅盛入大汤盆中，上桌。

笋、蕨为山珍，鱼、虾为海味（以水喻海），故名曰“山海汤”。汤中有菜肴，可捞食。

8.太白虾

选上好的活大河虾若干，剪掉须与尾巴。不可用水洗，只可用干净棉布一只一只擦净。每斤虾以精盐五钱腌半天（六小时左右），再沥干。装入瓶或缸中，每层放多粒花椒（以花椒拌和虾后再装进瓶缸中也行）。用优质酒（黄酒）化开盐，加入陈皮等，再倒入瓶缸之内，然后以封泥封好。

夏天，三日即可启食；春秋天，六七日可启食；若冬天，则须十日后方可启食。远胜于一般的“酒炝虾”。相传乾隆下江南品吃过此虾。

9.龙凤素

取蔬菜（青菜、白菜、小菠菜、金花菜、茄子等为主，硬梗不能用），不要入水洗，以干净抹布抹去菜上的尘土。杀活鹅一只，去毛洗净，而后开膛取出内脏。膛内不能用水洗，而是以干净抹布稍抹一下即可。随即把蔬菜填入鹅膛内，以棉线扎紧膛口。

烹饪法：将此鹅放入锅内，倒入清水（以盖没全鹅为准），以中火煮之，等水沸透，即将鹅取出，再取出膛内蔬菜。用黄酒把菜洗净，稍加刀切，然后以麻油入锅，以通常炒素菜法炒之。上桌而食，其味甘美无比。

此菜原流行于明代中期一位苏州大乡绅家中（其姓名已难以考证）。

10.炒腰片

取刚宰的猪的猪腰（或羊腰亦佳），不剥掉外膜，连膜放入清水中，先旺火后文火煮酥，剥去外膜，切成片。取胡桃肉，去皮、捣烂，再与腰片拌匀，然后以常规的炒腰片法炒之。待胡桃的油深入腰片内后，再加入香料、好陈酒、好酱，文火煮一小会儿时间。

取出，装盆，上桌。其滋味之美，真的超过熊掌也。

此菜盛行于清代。

北方人喜欢用羊腰；南方人冬天用羊腰，其他时间则用猪腰。

11.船娘蟹

取鲜活大蟹若干，细细洗净，然后将每只蟹以稻草缚牢，取上好的厚甜蜜酱及调味料拌和，用手抓酱涂蟹身，成一泥团（只只如此），而后将蟹团装入大的瓷缸之内，用泥封住缸口，再放置在不通风处三十天——如果掘地埋之则至优也。开封后，蟹去酱，其脐色亮易脱落，即为酱好者；若脐不亮不易脱落，则不够熟，可再涂酱封之。其味鲜美。

注意：每缸蟹，雌雄不可相混，若混了，酱蟹之质必降低。蟹身上剥下来的甜酱，不仅可以用于厨配，而且质地、滋味更妙！此蟹肴为一名船娘首创，故有此称呼。

12.福气蟹（通常煮蟹，从冷水到沸水，蟹受活罪，至惨，下法可免之也，故名之曰“福气蟹”）

先取一盆，将度数低的酒（黄酒亦宜）倒入盆里，再放入椒盐、白糖、葱姜汁、菊叶液搅匀之。取鲜活蟹若干，细细洗净，然后放进盆中，它们会较快地沉醉不动（醉半天为限）。再取稻草一束，用木槌锤软，然后挽成一个大扁结，放进锅内，再倒入水，水不能漫过草结，而后将那些醉蟹置于草结上（以锅里水不漫及为宜），就此蒸熟，即可取出食之。清代苏州大户人家常用此法煮蟹。

13.大吉祥

取上好鸡胸肉数块（“鸡”谐“吉”音），黑枣廿颗、栗子廿颗去壳（取意“早立年年”——每年早早成功也），上等碧螺春五克，一些调味料（古代只有盐、糖与醋等）。

烹饪法：

茶叶冲泡成汤（含叶），加入调味料候用。枣、栗以温水洗净，鸡肉切成小块，皆投入茶汤中，稍加拌匀，然后置于大碗中。入锅，以大火炖之，直到栗肉、鸡肉等均熟透，再上桌动筷食之，其味人间少有也。

明清时这是宴客时的头道菜，取其极其吉祥之意也。明代流行“虎丘茶”，此外还有岕茶（出阳羡者最佳）。天池茶至清时才出。此菜只要选早嫩的特等优茶即可，茶叶均一起食用。凡清明前茶均为好嫩茶也。

吴地乡绅菜植根于吴文化中，源远流长、博大精深，也是苏帮菜的重要组成部分。上述十余款乡绅菜肴，只能小中见大，挂一漏万。当下食材种类丰富，调味料层出不穷，新的烹饪方法日新月异，可古食今制，以享美味。旧时这些乡绅菜，叙之简单，不必索寻真假、正宗与否、出处在何。懂者，识货辨味。厨人，举一反三。笔者记之，与友共娱。

乐哉如此，乐哉。

用昂贵的金、银、宝石为菜取名，是一种文人的巧妙思维，寄托了人们对美好事物的向往，也体现了一种生活趣味。苏州人性格内敛，不事张扬，在生活上取悦自己，忠于本心，内藏一种风雅的生活态度。

苏帮菜的珠光宝气

一方水土养一方人，一方美食传承一方的经典与风味。江南文化，苏帮菜，源远流长，清隽和润，雅丽纷呈，韵味悠久，至今不衰。

我是一名苏州食客，也是一位餐饮从业者，又担任过苏州市烹饪协会会长。我行走在饮食江湖上已有五十多年了，虽不能说吃遍大江南北，但也可以说是在美食上阅历匪浅，尤其在苏州菜肴的品吃上，我这“老吃客”的身份可以说当之无愧，我也自称是一位苏帮菜守护人。

总有人对我说，苏帮菜中那些“珠光宝气”的菜肴，让他们难以忘怀。也有人难以理解：菜肴是怎么与珠宝和贵金属联系在一起的？其实人们在生活中，对吃、穿、戴都是有需求、有向往的，生活上有追求，就有更多的情趣了。人们追求的美好生活无非是吃得好点，拥有更多财富，安稳过好日子，享受生活带来的各种情趣与快乐。在苏州餐饮史上，吴地大厨名师们厨艺精湛，运用多种手法和技艺，把多种菜肴做得近似金银珠宝，迎合人们对富贵财气的追求。这些菜品有的象征拥有财富及地位，有的表现尊友好客的风范，但更多的是体现为人处世的态度，展示一种精神境界。

江南苏州，人称“人间天堂”“红尘中一二等富贵风流之地”。人们一直向往着苏州的精致生活。古宅、园林、小桥流水，苏州有着深厚的文化积沉。文人久聚，官商云集，交融在吃食上，各尽其法，极尽奢华。菜肴与珠宝为伍，彰显富贵荣华之气。有道是：“天下饮食衣服之侈未有如苏州者。”历史上传承下来的富贵菜肴数目繁多，较有代表性的著名菜品有：

（1）金羹玉脍：听菜名，已知菜品的分量。此菜以晋代张翰“莼鲈之思”为源，流传至今。菜品被称为“一时珍食”，以太湖鲈鱼做脍，莼菜、菰菜为羹。鱼肉鲜嫩如玉，菜羹色如黄金。后人又称其为“东南佳味”也。

（2）遍地黄金：苏州人吃蟹讲究，人们盛誉“吴中蟹味甚佳，世称湖蟹第一”。蟹肴有款绝品美味，称为“遍地黄金”，实为“秃黄油”，采用蟹黄与蟹膏制作成菜品。此菜蟹香浓郁，异常鲜肥，黄油四溢，一眼望去金光闪烁，如同遍地是金。

（3）八宝香车：另一款高雅富贵一流菜品，一直是苏帮菜中的经典佳作，实为出骨母油八宝鸭。将鸭宰杀好，先切断鸭颈骨，将整个鸭架抽出。将鸭肫、香菇、栗子、猪肉、鲜笋丁、莲心、白果、元米等一起拌匀成八宝馅心，填入鸭腹，红烧成菜。此菜装盆后，鸭头偏小，颈长，鸭腹膨胀，形如旧时车辆，故得此名。此菜鸭肉酥烂，八宝香糯，鲜香味浓。

（4）翡翠大玉：此菜听名称就让人喜爱。苏州大厨采用灯笼形青椒，去蒂及籽，用剪刀将蒂口周围剪成花瓣形。烹制时保持其翠绿色，把熘熟的虾仁分装入青椒中。这道菜青椒翠绿如翡翠，虾仁色白如玉，造型优美，口味鲜爽。

（5）琥珀香排：吴地大厨很会烹制排骨，酱排骨就曾风行一时。琥珀香排就是采用猪肋排，卤烧后，配上吴地桃胶形成的菜肴。天然桃胶与琥珀色泽相同，桃胶又具有养颜等多种功能。酱排骨配上桃胶，浑然一体。排骨鲜香，桃胶软糯晶莹，真是一款色、香、味俱佳的菜肴。

（6）掌上明珠：此菜品多见于宴会、酒席上。大厨们精心设计，巧妙搭配，采用熟鸭掌，拆去骨头，保持掌形，在上面安放鸽蛋，脍熟薄勾芡。此菜鸭掌软糯，香鲜肥泽；鸽蛋透白醇鲜，和明珠相仿。此菜是苏州传统经典菜肴，深受食客喜爱。

（7）聚宝盆：聚宝盆乃菜品中的重量级"选手"，一般为压轴大菜。此菜多用鸡片、火腿片、鸭片、玉兰笋片等组成十字桥面形状，四角塞满多种菌类，结顶采用芦笋、虾茸制成"万年青"。菜品四周围上一圈鸽蛋，鸽蛋上面还会用艳红的樱桃点缀。这道菜造型优美，色泽艳丽，多味且富贵气十足。

（8）珊瑚甲鱼：此菜乃是已故"江南厨王"吴涌根大师的代表作，采用早春菜花甲鱼，宰杀后上笼蒸至熟，腹内甲壳空处放上鸽蛋。甲鱼周围散置海蜇头，用少许香菜点缀。此菜巧用海蜇头当作珊瑚，形态美丽，汤鲜味浓，为滋补佳品。

其实在苏州菜肴中与此类菜品异曲同工的很多。例如，冷菜中的水晶脍（鱼鳞）、金银蛋（一半是蛋一半是虾仁），热菜中的芙蓉鸡片（鸡蛋清、鸡片）、金镶脆鸡（挂糊油炸鸡肉）、香炸金砖（油炸臭干），大菜中的金银蹄（火腿与鲜蹄合炖）、红桥赠珠（火腿、鸽蛋、干贝）、老蚌怀珠（鹌鹑蛋和鳜鱼），特色点心中的金钱方糕（形如古时钱币的松糕）、翡翠烧卖（绿色菜馅，微甜）。这种象形菜，意到、味到，深受食客欢迎，在苏州菜谱上还真是数不胜数呢！

在苏州吃食中，真正把金银珠宝当成菜来吃的不是没有，只是极少：用金子打成的金箔，可直接入菜做点缀；将珍珠磨成粉，也可入菜成品，据说还有美容功能。这些菜品不求口味，只求身价，在历史进程中渐渐地被弃用，只在某些特定宴会上偶尔会出现。现在也并不提倡。

最后谈谈金银玉器的使用。在某些特定的饮食场合，时不时地能看到金银玉器出现，只是出现形式不同。在苏州饮食历史中常有一种高级宴会，使用多种银制餐具，称为“银台面”，用来招待贵客。有银当然还有金，更高级的宴会采用黄金制作成的餐具来盛菜装肴，称作“金台面”。还有那些用金银制作的酒壶，顶端把手上配有珠宝玉器。使用的筷子包金、镶玉，珍贵无比。饮茶盛羹的器具都由白玉制成，真是“金樽清酒斗十千，玉盘珍羞直万钱”。在苏州，不管是厨师还是鎏金制银的工匠、专治玉者，都是高手，能工巧匠层出不穷。这些用金、银、玉、珠制作出的作品，被人们呼为“苏作工”。人们可以想象，用这些精致高雅的金银餐具装盛的吴地时令精美菜肴，无不成为席上佳珍、精致美馐，其流风余韵，令人难以忘怀。这也印证了苏州著名作家、美食家陆文夫所说的一句话:“烹调是一种艺术。”

用昂贵的金、银、宝石为菜取名,是一种文人的巧妙思维,寄托了人们对美好事物的向往,也体现了一种生活趣味。苏州人性格内敛,不事张扬,在生活上取悦自己,忠于本心,内藏一种风雅的生活态度。

我想告诉大家的是,在苏州,这些菜肴点心丽质天成,有形,又具韵味。这是苏帮菜里的一类,也是苏帮菜的精华。何以说菜肴具有珠光宝气?让一道道苏式菜肴给你答案。

苏帮菜的特点可以用两个字概括：讲究。食材的选择讲究『不时不食』，烹饪的技法讲究『食不厌精，脍不厌细』，对成菜的色、香、味、形都有严格要求。

江南味·苏帮菜

苏州是太湖边一颗璀璨的明珠。得天独厚的自然山水环境、风调雨顺的气候特征，成就了苏州的物产富饶；两千五百多年的风雨沧桑，积淀了苏州的悠久历史；富饶的物产、悠久的历史文化，又孕育出了苏州精细雅致的饮食习俗和水乡文化。

苏州人的粮食作物以水稻为主，水产则以鱼为主，在此基础上形成了多样的饮食结构和特有的美食佳肴。

苏州的美食佳肴种类繁多，包括苏式菜肴、苏式卤菜、苏式面点、苏式糕点、苏式糖果、苏式蜜饯、苏州小吃、苏州糕团、苏州炒货、苏州特色酱菜以及苏州特色调味品，共十一大类一千二百多个著名品种。此外还有苏式饮品，如碧螺春、冬酿酒等，可谓不胜枚举。

而我们常说的苏帮菜，其实主要是指苏式菜肴。苏帮菜选料之严谨、制作之精细、烹饪技法之多样、食材之讲究的特点尤为突出。同时，苏帮菜重视汤汁，讲究调料的使用。不少苏州人对于餐具、餐桌礼仪以及用餐环境也都十分讲究。

食之有道，寓吃于乐，苏州人在精细雅致中尽显生活智慧。

苏州历史悠久，饮食文化源远流长。特色鲜明、制法独特的苏州菜自成流派，俗称“苏帮菜”，亦称“吴地菜”，有“东南第一佳味”之美誉。

苏帮菜的历史，根据典籍记载，可以追溯到帝尧时代。考古研究人员在草鞋山、澄湖以及昆山赵陵等遗址中发掘出大量炭化谷粒、稻壳堆积，蚬、蛏、蛤等介壳堆积，还在有些地区的陶器、青铜器中发现了大量猪骨及鸟类骨架等，这可以证明吴越地区讲究的饮食习惯确是千年流传下来的。

春秋时期，苏州古人就掌握了高超的烹鱼技术，苏州“炙鱼”名闻天下。《吴越春秋》就有这样的记载：吴王僚喜欢吃“炙鱼”，公子光为了刺杀僚、夺取王位，就派勇士专诸去太湖边跟随太和公学习“炙鱼”的烹饪技术，专诸“三月得其味”。后来，专诸在“炙鱼”中藏了鱼肠剑，借给僚献鱼之机，一举将僚刺杀。

此后，关于吴地佳肴的典籍、典故越来越多。不同时期关于苏帮菜的记录和传说，体现出了不同时期苏帮菜的特色，也反映出苏帮菜历史之深厚，流传之悠久。《楚辞·招魂》提到的吴羹、吴酸蒿蒌、粔籹蜜饵等颇负盛名；晋代张翰因秋风而起“莼鲈之思”，被传为佳话；唐代《清异录》记载的“玲珑牡丹鲊”风行一时；隋代《大业拾遗记》提到的苏州进贡的“蜜蟹拥剑”风味独特；宋代起，苏州制作的花露被记载到各类书稿之中……

到了元代，苏帮菜发展到了一个新高度，苏州人韩奕在《易牙遗意》序言中写道："今天下号极靡，三吴尤甚。""三吴"指的就是东吴苏州、中吴润州、西吴湖州。《兰舫笔记》更是直接说："天下饮食衣服之侈未有如苏州者。"可见此时苏州饮食文化之发达，苏帮菜之兴盛。有明一代，苏州餐饮业发展尤为迅猛，一些名厨纷纷到外地开店授艺，《旧京遗事》说在京师的"庖人"，"多苏州人也"，苏州菜在此时传遍大江南北。

苏州菜进入全盛时期，是在明清时代。这时的名宴菜、船菜、寺院素菜等都享有盛名，并经常出现在文人笔下。袁枚的《随园食单》就是一部记录了大量苏州菜肴的著作。《红楼梦》《金瓶梅》等各种文学作品中，都有大量对苏州菜的细致描写。不少苏州菜甚至被送入宫中，成为御膳。《清稗类钞》中说："肴馔之有特色者为京师、四川、广东、福建、江宁、苏州、镇江、扬州、淮安。"从中可以看出当时苏帮菜在全国的地位。

经过几千年的发展，苏帮菜逐渐细分，形成了宫廷菜、官府菜、乡绅菜、酒楼菜、家常菜、船菜、养生菜点、药膳，以及寺院庙观中的素菜和素斋等系列。层次分明、丰富多样的菜式，又使苏帮菜基础深厚。

苏帮菜的特点可以用两个字概括：讲究。食材的选择讲究"不时不食"，烹饪的技法讲究"食不厌精，脍不厌细"，对成菜的色、香、味、形都有严格要求。此外，从菜品的名字到分类、从上菜的顺序到用餐的环境等，苏帮菜的"讲究"都体现得淋漓尽致。

苏州是“鱼米之乡”，得天独厚的地理和气候环境，为苏州人提供了丰富的食材。赵筠在《吴门竹枝词》中对此做了很好的概括：“山中鲜果海中鳞，落索瓜茄次第陈。佳品尽为吴地有，一年四季卖时新。”由于食材众多，苏州人便奉行“不时不食”的原则，做菜时只选用当季新鲜食材，烹饪时也要充分体现出食材的新鲜和独有的口感。苏州厨师则充分利用这些食材，不断改进烹饪技术，创造出了许多独有的苏式名菜佳肴。

苏州人做菜，讲究“脍不厌精”，即使是阿姨、娘娘、好婆（阿姨、娘娘、好婆都是苏州人对年长女性的称呼）们做家常菜时，也绝不马虎。她们讲究选料，讲究刀功，讲究火候，讲究口味，讲究配料和用水……比如调味品，为了充分体现菜品特色和丰富口感，人们都选用本地产的各种正宗调料，如伏酱、陈醋、秋油、鲜糟、笋油、酒酿、虾酱等。再如烹调用水，旧时的餐馆、大户人家都用近郊山中泉水；如果没有泉水，就用井水，但必须是清晨打出并沉淀过后的井水。苏州的百年老店松鹤楼就有一口井，名曰“蟹脐井”，用这口井水烹制的苏州卤鸭，是店里的一大特色。

一道道苏帮菜烹饪完毕，苏州人又开始在菜品名称、所用的餐具和分量上继续“讲究”。菜品名称要高雅、有好的寓意，要能透露出苏州人深厚的文化修养。所以苏帮菜中“松鼠鳜鱼”“樱桃肉”“春光迷人”（麻油拌笋尖）等菜，光是听菜名，就让人食欲大增。盛菜所用的餐具及其花纹形态，则要与宴会主题相符合；如果是家宴，就要体现家宴特点。菜点装盘时，则要注意其形状与器皿形态的和谐统一。更有不少食客，对瓷器餐具的窑口、产地等都要“讲究”，如苏州有些人家会特意选用景德镇的细瓷。

精致、美味、讲究的苏帮菜，自然也吸引了一大批文人墨客，他们追捧“苏菜”，以能吃到“苏菜”为荣，同时，他们也为苏帮菜著书立说。元末明初韩奕《易牙遗意》流传至今，堪称经典。随后袁枚《随园食单》、李渔《闲情偶寄》、顾禄《桐桥倚棹录》等，都写到苏州菜，至今仍为人们所推崇。更别提《调鼎集》《随园食单补正》《清稗类钞》等，以及无数文人的热情吟咏了。到了近现代，又有包天笑《钏影楼回忆录》、陆文夫《美食家》等，不一而足。

文人的举动，无疑又提高了苏帮菜的声誉；对于极具特色的餐饮风俗的记录，也助推了苏帮菜的发展。清末民初时，这种风气达到空前的高度，许多文章提到苏帮菜，就会用类似“独步天下”等词来形容，苏州也因此一直被世人称为“人间美食天堂”。

后记

《姑苏味》这本书和广大读者见面了，书中收录了我近几年来在报纸杂志上发表的一些文章，也有一部分是为身边同仁、朋友出的书撰写的序，还有些是我在松鹤楼菜馆、饮服公司、商业技工学校、市商业局工作时留下的读书笔记资料，再有一些为还没有发表的文章。全书分为六个章节，每个章节标题都摘自与苏州相关的诗词，让这些文章更具有扮相。

我已退休多年，在餐饮江湖上已有整整五十年阅历。

由于工作关系，我对苏州餐饮行业总抱着满腔热情，对苏帮菜的传承创新，热情尤甚。我自诩“苏帮菜守护人”，总想让更多的人了解苏帮菜的渊源及现状。书中记载的一些人与事，并不一定要引起读者的怀古幽情，而要告诉人们苏州这座历史名城，饮食文化流传有源有绪，内藏风雅。

本书出版受到多方面的关心支持，苏州作家亦然先生为本书作序，著名书画家钟天铎先生为本书题字，唐云岗先生为本书插画，李客涵先生、汪鸣峯先生为本书治印，市烹饪协会、会议中心大酒店为本书收集资料、打印文字做了许多工作，苏州技师学院、苏州杜三珍餐饮管理有限公司长期以来对我的工作给予了许多支持、帮助，在此一并表示感谢。

书中难免有谬误，敬请读者谅解、指正，不胜感谢！